# ぶらり平蔵

## 決定版⑦御定法破り

吉岡道夫

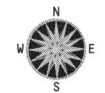



コスミック・時代文庫

本書は二〇〇七年十一月に刊行された「ぶらり平蔵　御定法破り」を改訂した「決定版」です。

# 目次

それがうまくいけば、松や石に使った出費《ついえ》なんぞ安いものだ。

ひそかに、そんな胸算用をはじいていたとき、廊下を踏む足音がして、襖《ふすま》がサラリとあいた。

二

「天満屋。待たせたの……」

そう声をかけながら白髪まじりの品のいい老人が入ってくると、ゆったりと上座に足を運んだ。

「滅相《めっそう》もございませぬ」

下座にひかえていた儀平はうやうやしく平伏した。

「大和守《やまとのかみ》さまにはお変わりもなく、ご健勝のようで、なによりにございます」

「辞儀は無用じゃ。そこでは話が遠すぎる。……もそっと近《ちこ》う寄れ。近う」

儀平から大和守さまと呼ばれた老人は、脇息《きょうそく》にゆったりと肘《ひじ》をあずけ、扇子を手にして差し招いた。

「では、お言葉に甘えまして……」

膝でにじり寄った儀平に、老人は柔らかな笑みを向けた。

「届けてくれた佐渡の赤石、色もよし、形にも品がある。庭がずんと引き立って見えるようになったぞ」

「それはそれは……お気に召していただければなによりにございます」

老人の機嫌のよいのを見て儀平は、このぶんなら入手したい話も聞きだせそうだと、期待に胸をふくらませた。

「ところで天満屋、ちかごろ町方では諸式が高騰しておると耳にしたが、まことかの」

いい按配に老人のほうから水を向けてくれた。

「はい。米や味噌、醤油から油はもとより、材木にいたるまでじわりじわりと値上がりしておりますようで……」

「ふふふ、商人のなかには諸式の値上がりにつけこんで暴利をむさぼっておる者もすくなくない、とも聞いたぞ」

老人の声音《こわね》は柔和だったが、双眸《りょうめ》には刺すような光があった。

「暴利など滅相もございませぬ」

儀平は苦笑しつつ、手を顔の前でふってみせた。

「手前どもはひとさまのお宝を両替して口銭をいただくのが稼業でございますから、品物を安く買い占めては、高値を待って売りさばくなどという結構な商いとは縁がございませぬ。暴利などとはおよそ無縁の稼業でございます」

「よう言うわ。金銀銅を問わず、貨幣はすべて両替の手をへて天下にまわる仕組みになっておる。しかも、江戸の金を上方に送るときも、上方の金が江戸に送られてくるときも両替の切手で精算される。その両替の利鞘《りざや》を稼ぐばかりか、商人からあずかった金を貸し付けては金利を稼ぎだす。……いうなれば天下の貨幣はそちたち両替商に操られているようなものよ」

「とんでもない、操るなどと仰《おお》せられては身が竦《すく》みまする」

儀平は不敵な笑みをにじませつつ、表向きは恐縮してみせた。

「手前どもはひたすら公儀ご鋳造《ちゅうぞう》の貨幣の流れが滞《とどこお》らぬよう、お手伝いさせていただくのがお役目。深川の木場衆や堂島の米問屋のような肝《きも》の太い商いとはくらべようもない、ごく利の薄い商いでございます」

「ま、いずれにせよ、商人が利をもとめるのは当然のことじゃ。そちを責めておるわけではないゆえ、気にせずともよいわ」

「これは、おそれいります」

「こう天下泰平の世がつづけば武門よりも、算用に長《た》けた商人が栄えるのは必定。さしずめ、そちなどはもはや数万両は蔵に蓄えたであろう」

「とんでもございません。商いには元手もかかりますゆえ、なかなか思うようにはまいりませぬ」

「とはいえ俗にも金は天下のまわりものと申す。そのほうたち商人が、これまでたっぷりと蓄めこんだ金銀を近いうちに吐きだしてもらうことになろう。いまから覚悟しておくことじゃの」

さっきまでの温和な表情とは一転し、老人は冷ややかな眼ざしを儀平にそそいだ。このあたりの変わり身が、この老人のしたたかなところでもあり、怖いところでもある。

「は……」

どうやら危惧《きぐ》していたことが現実になりそうな予感がする。

儀平は慎重にことばをえらんで探りをいれた。

「と、申されますと……やはり、近いうちに金銀吹き替えのご沙汰《さた》が」

「さて、それはどうとも言えぬが、かの荻原《おぎわら》めが長年にわたってバラまきつづけた悪貨の尻ぬぐいをせぬことには公儀の威信にもかかわることになる。早急に手当てをせずばなるまいことはたしかじゃな」

「は、はい……」

ひそかに予測していたより、事態ははるかに切迫しているらしいことに儀平は思わず固唾《かたず》を呑んだ。

荻原とは五代将軍綱吉《つなよし》に重用され、勘定奉行として幕府財政を掌握していた荻原重秀《しげひで》のことである。

荻原重秀は財政再建のためと主張し、元禄、宝永年間に三度にわたり品質の悪い貨幣改鋳に手をつけて自らも巨利をむさぼったが、六代将軍家宣《いえのぶ》の世になって政治顧問となった新井白石《あらいはくせき》からその財政手法を糾弾《きゅうだん》され、先年、汚職の罪に問われて罷免《ひめん》された。

「いずれはそういうことになろうかと覚悟はいたしておりましたが、ご沙汰の中身はどのようなものになりましょうか」

儀平はじりっと膝をおしすすめ、踏みこんだ問いを投げかけた。

「そのあたりのこと、少しでも、お漏《も》らしいただければ幸いと存じますが」

「これ、迂闊《うかつ》なことを申すでない」

老人は権力の座にある人間特有の、突き放すような眼ざしになった。

「貨幣の吹き替えは公儀の大事、めったに外には漏らせぬ事柄じゃ」

とりつく島もないような口ぶりだった。

「は……」

老人は扇子を手で弄《もてあそ》びつつ、儀平を凝視した。

「ふふ、そちが気になるのは新鋳の金銀と、悪評高い元禄金銀や、乾字《けんじ》金銀との交換歩合であろう」

「仰せのとおりにございます。……ま、五分引きとはまいりますまいが、せめて一割引きあたりで収めていただければと願っておりますが」

「甘い、甘い。……甘いのう」

老人の口ぶりは微塵《みじん》の容赦もないものだった。

「貨幣新鋳の儀は一切を筑州《ちくしゅう》にまかせておる。あの老獪《ろうかい》な荻原をも葬りさった青鬼の筑州のことじゃ。そのような甘い仕置きですむはずがなかろうて……」

とりつく島もないような口ぶりだったが、儀平としてはここで引きさがるわけにはいかなかった。

「と、申されますと……二割引きなどということも」

「ふふふ、聞きたいか、天満屋……」

老人は猫が窮鼠《きゅうそ》をなぶるような目を儀平にそそいだ。

「は、はい。……もう、それは」

「ふうむ……」

老人は糸のように双眸を細めた。

ここで儀平を切り捨てるか、それとも一縷《いちる》の糸を残しておいてやるだけの価値があるかを天秤にかけている目だった。

「………」

儀平はまばたきもせず、ひたと老人を見つめた。おのれの運命がこの老人の胸三寸にかかっているのだ。

一瞬が恐ろしく長く感じられた。

「よかろう……」

やがて老人はかすかにうなずくと、儀平を射るように見据え、バサッと扇子をひらいた。

「天満屋。耳を貸せ。耳を……」

「は、はい……」

儀平が膝でにじり寄ると、老人はひらいた扇子の陰で何事か耳打ちした。

「……!?」

儀平の顔にただならぬ緊張が走った。

「そ、それは、また……」

このとき丸行灯の蠟燭《ろうそく》の炎が、風もないのにふっとゆらいだ。

畳にさした儀平の影がかすかに左右に揺れ動き、床下で季節外れの蟋蟀《コオロギ》が涼しげな羽音をひとしきりひびかせた。

## 三

町駕籠《まちかご》にゆられながら天満屋儀平は呪詛《じゅそ》のうめき声をもらした。

「あの青鬼の筑州めが……商人の苦労も知らず、改鋳などに手をつけおって」

いつもは血色のよい儀平の顔が紙のように白くなっている。

目尻が吊りあがり、唇が怒りにひきつっていた。

「ご公儀も、ご公儀じゃ。あのような書物の紙魚《しみ》食いのような爺《じじ》ぃに、金銀の吹き替えなどという大事をまかせるなど戯《たわ》けるにもほどがある！」

儀平の怒気はいっこうに静まりそうもなかった。

筑州とは筑後守《ちくごのかみ》に任じられ幕府の財政再建にのりだした新井白石のことで、その改革断行の厳しさから「青鬼」と陰口をたたかれていたのである。

――それにしても、大和守さまも頼み甲斐のない、おひとじゃ……。

これまで、なんのために血のにじむような大金を使い、機嫌をとってきたのかわからない。

そのことにも儀平は腹を立てていた。

――あの、ご老人は幕閣の要職にありながら、たかが儒者風情もおさえるだけの器量がないということか……。

そればかりか、あの老人は涼しい顔をして、いまから覚悟しておくことだと冷笑した。

もしやすると、あの老人も腹のなかでは儀平を嘲笑しているのかも知れないと思った。

春の彼岸もすぎ、八十八夜も近いというのに夜風はまだ肌寒い。

その夜風が儀平の高ぶっていた怒気を静めてくれた。

腹を立てるばかりでは、事態は好転しない。

儀平は目をとじて、これから先の方策に頭をめぐらせた。

このまま手をこまねいているわけにはいかなかった。

――あの筑州のすることだ。並大抵のことでは収まるまい。そうよの、まず二《ふた》つ引きでは収まらぬと思うたがよい。ま、よくて二つ半、もしかすると三つ引きになるやも知れぬの……。

さっき老人が扇子の陰でささやいた声がよみがえってきた。

二つ引きとは新鋳の金銀と、元禄金銀、乾字金銀との交換比率が二割引き、二つ半は二割五分引き、三つ引きなら三割引きということになる。

おそらく新しく改鋳される貨幣は、高品質の慶長金銀に準じたものになることはまちがいないだろう。

いま天満屋の蔵にある現金の総額はざっと六万両はあるだろう。ただし、そのうち良質の慶長金銀はごく一部で、ほとんどが悪評高い元禄と宝永の金銀である。

ここで新鋳貨幣の切り替えが実施されると、天満屋の財貨は一気に価値が激減してしまう。

交換比率が二割引きでとどまったとしても一万二千両が、そして、もし比率が最悪の三割引きということにでもなれば、なんと一万八千両もの大金が煙か泡のように消えてしまうことになるのだ。

――じょうだんじゃない！

そんなことになってたまるかと思うが、だからといって、いま、どうすればいいのか方策が見つからない。

――どうすればいいのだ。どうすれば……。

儀平は背筋が凍るような恐怖に襲われた。

四

儀平が田所町の店につくと、大番頭の古賀宗九郎《こがそうくろう》が急いで迎えでた。

宗九郎は近くに家も持ち、妻子もある通いの身だが、今夜の首尾が気になって帰らずに待っていたのだ。

「ちょっと奥に来ておくれ」

儀平は草履《ぞうり》を脱ぎ捨てるなり険しい目で宗九郎をうながした。

「かしこまりました」

古賀宗九郎は根っからの商人ではなく、十一年前までは西国の某藩に勘定方として仕えていた侍だったが、藩が幕府の咎《とが》めをうけて改易になり、禄を失って江戸に出てきた牢人だった。

天満屋が深川の蛤町《はまぐりちょう》で質屋をしていたころ、所持していた短刀を質入れしようと天満屋の暖簾《のれん》をくぐったのが縁で、儀平にすすめられるまま武士を捨て商人になった。

勘定方をしていただけに算盤も手馴れていたし、刀をはじめ武士の道具類に目が利くうえ、剣術も東軍流の遣い手だったから用心棒にもなる。

深川には牢人が多く、質入れに来ては難癖をつける者もいたから、天満屋としては宗九郎はかけがえのない人材でもあった。

九年前、儀平が両替商の株を買い、田所町に間口五間の大店《おおだな》を構えるようになったのも宗九郎の働きがおおきかった。

いまや宗九郎は天満屋の大番頭として、押しも押されもしない儀平の片腕になっている。

今夜、儀平が出かけたわけを知っている宗九郎は帰ってきた主人の顔色を見ただけで、あらかたの察しはついた。

手代に表の戸締まりをするように言いつけてから、主人の居間に向かった。

　儀平は長火鉢の前に座り、腕組みをしたまま眉根をよせて何事か思案に没頭していた。

　宗九郎は長火鉢をはさんで座ると、儀平の顔を直視し、ずばりと単刀直入に切りだした。

「大和守さまから金銀吹き替えのことで、なにか思わしくないことでも耳になされたようですな」

「うむ。下手をすれば天満屋の屋台骨がゆらぎかねんことになりそうじゃ」

　儀平は今夜の会談のあらましを宗九郎にぶちまけた。

「なるほど……」

　宗九郎門はさしておどろくようすもなくうなずいた。

「よくて二つ半引き、もしかすると三つ引きということは、まず、三つ引きになると覚悟していたほうがよいでしょう」

「滅相もない。三つ引きなどということになれば天満屋の身代から、ざっと一万八千両という大金がふっとんでしまう。一万八千両ですよ。一万八千両！」

　儀平は声を荒らげ、火箸をつかんで灰にグサッと突き刺した。

「わたしが、この田所町で両替の店をだしたときの身代は六千両だったんだ。一万八千両といえば、その三倍ですよ。一万八千両もあれば日本橋の大店でも買える大金です。そんな大金を水の泡にできるものかね」

「ですが、吹き替えで蓄えを減らすのはどの店もおなじです。金額が変わるだけで商いにさしさわることはありますまい」

「おまえは根っからの商人じゃないからそんな気楽なことが言えるんだ。銭は商人の命です。商いで損をしたのならともかく、公儀の不手際の責めをしょわされてはたまったものじゃない」

「………」

「なんとか二つ引きぐらいで収めてもらえませぬかと談じこんでみたが、吹き替えのことは筑州にまかせてあるゆえ、どうにもならんの一点張りだ。あの御仁《ごじん》がこれほど頼り甲斐のないお方とは思わなんだわ」

儀平はほとんど罵《ののし》るように言い放ったが、宗九郎は頬に苦笑をうかべただけだった。

「あの御仁に、それ以上のことは望めますまい。もともと幕閣を動かすほどの力など無いことは旦那さまもわかっておられたはずではありませぬかな」

宗九郎は儀平より八歳下だが、二人だけのときは歯に衣《きぬ》着せずものを言うし、儀平もそれを容認していた。

「それよりも、肝心なのは吹き替えのご沙汰が、いつごろ出されるか、ということでしょう」

「そのことなら、およその見当はつく。……大和守さまの口ぶりでは、ほぼ秋ごろだろうということだったな」

「それならば、なんとか打つ手もありますな」

宗九郎は底光りのする目で、儀平を見すえた。

「ただし、穏やかにすませるというわけにはまいりませんぞ。天満屋がかぶりかねない損を、だれかに肩がわりさせることになりますから、恨みを買うことも覚悟せずばなりますまい」

「そんな斟酌《しんしゃく》は無用です。暖簾を守るためならどんな汚い手でも使いますよ。商売の恨みならこれまでも山ほどしょってきたからね」

儀平は商人らしからぬ不敵な笑みをうかべ、ためらいもなく言い切った。

「ならば、まず蔵にある金銀を物に換えることですな。できれば確かな利を産む材木や砂糖を買いつけてもよし、場所のいい店を買い取るのもいいでしょう」

「ううむ。……金を物に換えるか。それも一案だが、この急場ではうまくいくかの」

「ならば、どこぞの藩に産物を担保に貸しつけるという手もあります。いま、どの藩でも内所は火の車のはずでございますからな。できれば藩に内紛がくすぶっていれば、なおのこと有利な条件で貸しつけることができましょう。内紛が公《おおやけ》になれば藩が公儀のお咎めをうけますから、万が一にも焦《こ》げつくことはありませぬ」

宗九郎は不敵な笑みをうかべた。

# 第二章　刀を売る侍

## 一

その日、神谷平蔵《かみやへいぞう》は朝の起きぬけに往診を頼まれた。

長年、この界隈を得意先に売り歩いている豆腐屋の与七《よしち》が、今朝、豆腐の仕込みにかかりかけた途端にぎっくり腰になったらしい。

与七の豆腐は一丁が二十四文、半丁で十二文、平蔵のような独り者なら四半丁の六文で足りる。豆腐は毎日食しても飽きないし、与七は豆腐の副産物の油揚げや卯《う》の花も運んでくる。

どれも長屋住まいの台所にはかかせない安価で重宝な食材ばかりである。

与七は明け六つの鐘が鳴るのを待っていたかのように豆腐の桶《おけ》を天秤棒でかついで長屋にやってくる。

この界隈の住人は与七の豆腐の売り声で目を覚ますといっても過言ではない。

平蔵は朝飯もとらず、急いで表通りにある与七の店に出向いた。

二間間口の店の奥の六畳間で寝ていた与七は、平蔵の顔を見るなり地獄で仏に出会ったような目つきで訴えかけた。

「せんせい、なんとかしておくんなさいよ。このまんまじゃ厠《かわや》に立つのも伜《せがれ》の肩を借りなきゃならねえ始末でさ」

日頃は風邪ひとつひいたことがない与七が塩漬けにされた青菜みたいにしょぼくれている。

床のそばには二十一歳になる息子の太一《たいち》と、女房のお常《つね》が付き添っていた。

「情けない顔をするな。ぎっくり腰なんぞは子供が喧嘩《けんか》してオデコにタンコブつくったようなもんだ」

一喝しておいてから与七を俯《うつぶ》せにさせ、腰骨のツボを触診してみたが、脱臼しているようすはなかった。

「なに、このぶんなら大事ない。ちょいとした腰の捻挫《ねんざ》だ。すぐに直してやるから安心しろ」

お常に熱い湯で蒸した手ぬぐいを用意させ、何度も繰り返し腰を温めておいてから、与七を背後から羽交《はが》い締めにした。

「いいか、楽にしていろよ」

平蔵は両足を与七の腰に巻きつけると、脇の下に両手を入れ、与七の躰を持ちあげざま、グイッと背筋をのばしてやった。

「ひいっ……」

与七は鶏が首をしめられたような声をあげた。

「ばかめ。大の男が情けない声をだすな」

そのまま、すとんと与七をおろして脇の下から両手をぬいた。

与七はきょとんとなったまま布団の上に座っている。

「どうだ。ちゃんと座れるようになったろうが」

「へ、へい……」

「ようし、そのまま、ゆっくり立ってみろ」

「え……いいんですかい」

与七はおそるおそるお常の肩につかまると、腰をのばして立ちあがった。

「せ、せんせい……」

与七の顔がパッと明るくなった。

「た、立てた。……立てやしたよ」

「だからといって油断するなよ。厠通いぐらいはかまわんが、当分のあいだは無理をせんことだな」

「そんなこと言ったって、せんせい、豆腐屋は日銭商売ですぜ。いちんち休めば仕入れの豆代にもひびくし、でえいち、あっしの豆腐を待っててくださるお客さんにだってもうしわけがねぇってもんでさ」

「あっぱれな心掛けだと褒《ほ》めてやりたいところだが、またぞろ腰を痛めたら、三日休めばすむものが、十日休まなくっちゃならなくなる。そこを考えろ」

「ううん……」

与七は口をもごもごさせて唸《うな》った。

「そうだよ、せんせいの言うとおりにしてなよ」

うしろから息子の太一が膝を乗りだした。

「豆腐も揚げも、おっかあとおいらのふたりでちゃーんと造って、いつものとおり売りにまわるからよ」

「ちっ、てやんでぇ。おめぇらにまかしといたら、どんな豆腐ができるかわかったもんじゃねぇや。箸を刺しただけで崩れちまうような豆腐を造られたんじゃ、おれの面《つら》がたたねぇんだよ」

さっきまでグズグズに煮くずれた豆腐みたいだった与七が、大あぐらをかいて急に威張りだした。

「なにさ！　えらそうに……おまえさんの顔のどこが、立つとか立たないとか言えるような顔だい。凍《し》み豆腐を三日もふやかしたような顔しててさ」

お常が口を尖らせてキツイ啖呵《たんか》を浴びせた。

「なんだと、このアマ……」

「いいかい。おまえさんが、あたしと所帯もって豆腐を造りはじめたのは十九のときだったじゃないか。太一はもう二十一になるんだよ」

「そ、それがどうだってんだい」

お常に一発かまされると、与七はとたんに弱腰になった。

「どうもこうもあるもんかね。言いたかないけど、あのころのおまえさんよりか、いまの太一のほうが腕はずんとたしかだよ」

「な、なにぃ……」

与七が目ン玉をひんむきかけたが、お常はピシャリときめつけた。

「げんに今朝の豆腐は太一が仕込んだんだよ。おまえさんの豆腐とちっともかわりゃしなかったじゃないか」

「こ、こいつら、よってたかっておいらをコケにしやがって……せんせい、なんとか言ってくだせぇ」

与七が助け舟をもとめるような目を平蔵に向けたが、夫婦喧嘩にかかわるとろくなことはない。

だいいち理はあきらかにお常と太一のほうに分がある。

それに、こういうときは女房と息子の言うとおりにしておいたほうが無難だと相場はきまっている。

さっさと引きあげることにした。

二

――それにしても、豆腐屋というのは、なんとも、けっこうな稼業だな。

お常が往診代のかわりだと言って持たせてくれた豆腐で造った味噌汁をすすり、飯を口に運びながら、平蔵は我が身をかえりみて太い溜息をついた。

豆腐屋は日銭稼業、利は薄いかも知れないが、骨身惜しみしなければ売りに来るのを毎朝ちゃんと待っていてくれる客がわんさといる。

そこへいくと町医者なんぞというのは、やれ「せんせい」だの「お医者さま」だのと奉られているものの、客が来ないからといって「どこぞに病人か怪我人はおらぬか」と御用聞きにまわるわけにもいかない。

平蔵は根っからの医者ではない。

禄高千八百石の譜代旗本・神谷家の次男坊に生まれたが、わけあって二十一歳のとき医師をしていた叔父の夕斎《せきさい》の養子になった、いわば横すべりの医者だ。

阿蘭陀医学を学ぶという名目で長崎に三年ほど留学したが、蘭学より遊学のほうに入れあげた口だった。

どちらかというと平蔵は剣の資質に恵まれていたらしく、幼いころから鐘捲流《かねまきりゅう》の達人・佐治《さじ》一竿斎《いっかんさい》について修行し、免許皆伝をうけた剣士でもある。

東国磐根《いわね》藩の藩医に招かれていた養父の夕斎が、藩の内紛に巻きこまれて凶刃《きょうじん》に斃《たお》れ、養父の仇討《かたきう》ちを遂げたあと江戸にもどったものの、一度生家を出た身である。いつまでも兄の屋敷に寄食しているわけにもいかない。

とはいっても、この天下泰平の世、剣で身を立てるのはむつかしい。

おまけに根が「さよう、しからば」の窮屈な宮仕えには向いていないから婿養《むこ》子の口を探す気にもなれなかった。そこで一念発起し、この神田新石町《しんこくちょう》の長屋を借りて町医者の看板をあげたのである。

いまは長屋暮らしも板につき、ぼちぼち患者もついてきているが、このところ陽気がいいせいか、風邪を引くものも少なくなり、患者もめっきり減った。

それに比例して懐具合も日を追って寂しくなるいっぽうである。

——このぶんだと、早晩、アゴが干上がりかねんぞ。

なにか方策はないものかと思案しながら食べおわった飯椀や箸を流しで洗っていると、ガタピシと戸をきしませて剣友の矢部《やべ》伝八郎《でんぱちろう》が入ってきた。

「なんだ、なんだ。いまごろ飯を食っておったのか。さては朝寝坊したな」

「ばかをいえ。朝っぱらから往診を頼まれて帰ってきたところだ」

「ほう。往診か……けっこうけっこう、医者も往診を頼まれるようになれば一人前だ。さては往診料もがっぽり入ったというわけだの」

指で丸をつくり、さもしいことをほざいた。

「なにをぬかすか。往診料は油揚げが三枚と豆腐一丁だ」

「なにぃ……」

与七の件を話すと、伝八郎は鳩が豆鉄砲でも食らったような顔になった。

「ちっちっち、お稲荷《いなり》さんの供《そな》え物じゃあるまいし、往診料を豆腐と油揚げだけでチャラにする医者なんぞ聞いたことがないわ」

伝八郎はどすんと上がり框《かまち》に腰を落としてわめいた。

「いいか、商売というのは、なんでも安売りしちゃいかん。高く売りつければ売りつけるほど株もあがりゃ、銭もたんまりはいってくるってもんだ」

「おい、きさま、朝っぱらからのこのこと商いの講釈でもしに来たのか」

「い、いや、つまりだの。その、竹馬《ちくば》の友としてだな。ちくと、きさまのようすを見に来たというわけよ」

「ようういうわ。早い話が退屈しのぎに来ただけだろうが」

「ま、ま、そう言ってしまえば身も蓋《ふた》もなかろうが。ん？」

なんとも極楽とんぼを絵に描いたような男だが、このぶんだと患者が来るようすもなし、たまには伝八郎の暇つぶしにつきあってやるのも悪くない。

三

出かけるといっても、べつに戸締まりをするわけでもない。

いつも『本日休診』の札がわりに使っている瓢簞《ひょうたん》を看板の釘にひっかけるだけのことだ。

洗い晒《ざら》しの綿服を着流しにし、亡父遺愛の井上真改《いのうえしんかい》を一振り落とし差しにして出かけることにした。

「あら、せんせい、今日はヤットオの稽古ですか」

井戸端でオシメを洗濯していた隣家の女房のおよしが、しぼったオシメをヤイヤッと振って笑いかけた。

「ま、そんなところだ」

「怪しいもんだわ。二人そろって岡場所にでも繰りこもうって寸法じゃないの」

およしの側で大根の泥を洗い落としていた魚屋の女房のおきんが早速口をはさんできた。おきんは井戸端会議の音頭取りで口うるさい。

「せんせいもここんところ、あっちのほうはご無沙汰《ぶさた》つづきだものね」

「よけいなお世話だ。それより、おまえの治療費が滞《とどこお》っておるのを忘れるな」

口封じに一発かますと、おきんは首をすくめてシュンとなった。

江戸っ子の暇つぶしとなると行く先は浅草か両国の広小路と、ほぼ相場はきまっている。

初夏の風に吹かれて足の向くまま、ぶらぶらと歩いていると両国に出た。ちょうど小腹も空いている。虫おさえに広小路の橋詰めにある茶店の縁台に腰をおろし、名物の花見団子を頼んだ。

両国橋の長さはおよそ九十四間、隅田川の西岸から東岸の本所深川に向かって架けられた江戸四大橋のひとつである。

橋の両側は繁華街になっていて、軽業や曲芸、真剣白刃《しらは》取りなどの興行小屋が軒をつらねて櫛比《しっぴ》し、なかには熊女、蛇女、鬼娘などのいかがわしい見世物で客を呼びこむ小屋もできたりする。

ことに橋の西側は両国広小路とよばれ道幅も広く、髪結い床、矢場、茶屋、甘酒や団子を売る床店《とこみせ》や、女客相手の古着屋や小間物屋をはじめ、鰻《うなぎ》の蒲焼きや泥鰌《どじょう》鍋を売り物にする食い物屋などがひしめきあい、赤い蹴出しをちらつかせた水茶屋女たちが遊客を競いあって黄色い声をはりあげている。

ふつうの茶店は心付けをいれても二、三十文が相場だが、水茶屋の女は色を売るのが本業で、女と客の気があえば店主に連れだし料を払い、近くの出合い茶屋に出向いてちょんの間の枕商売もする。

ここは浅草広小路とともに江戸っ子が気軽に遊べる大繁華街で、日の暮れるまで客足の絶えることはない。

「ようも、これだけ、うじゃうじゃと湧《わ》いてくるものだの」

花見団子をパクついていた伝八郎が呆《あき》れ顔でぼやいた。

「なにが……」

平蔵が訊《き》きかえすと、伝八郎は広小路の雑踏《ざっとう》を目でしゃくった。

「きまっとろうが、この暇人《ひまじん》どものことよ」

「ふふふ、きさまも三年前までは兄貴の脛《すね》かじりで、暇をもてあましてた口だったろうが」

「ちっ、それを言うな。それを……」

矢部伝八郎は幼馴染《おさななじ》みというだけではなく、ともに佐治道場で汗をながした剣友で、なかなか豪快な剣を遣う。

矢部家は三十俵二人扶持《ぶち》の御家人で、代々北町奉行所の同心を務めている。

直参とはいっても、内職でもしなければ食うにもことかく貧乏御家人の家に生まれたばかりか、平蔵とおなじく次男坊という宿命をしょっていた。

武家の子は嫡男《ちゃくなん》に生まれなければ味噌っ滓《かす》のようなものである。

若いうちに、いい婿の口にありつければいいが、まごまごしていて婿に行きそこなったら家族から厄介叔父という烙印をおされて、生涯、肩身狭くすごさなければならない。

伝八郎も二十五、六まではのほほんとしていたが、そろそろ三十の坂が目の前にせまってくるにつれ焦《あせ》りはじめた。

八方血眼《ちまなこ》になって婿入り先を懸命に探しまわっていたが、当節、剣術の免許取りぐらいではなかなか婿に貰い手はなく、腐りきっていた。

そのころ平蔵はちょうど医者になったばかりだったが、長屋近くの路上で産気づいていた佐登《さと》という女を助け、無事、出産させてやった。

その佐登の亭主が井手甚内《いでじんない》という無外流の剣士で、おまけに囲碁の手合いも五分五分だったから平蔵となんとなくウマが合い昵懇《じっこん》になった。

甚内は妻の佐登とふたりで、明石町で寺子屋の師匠をして暮らしを立てていたが、寺子屋は佐登ひとりでもなんとかなる。

甚内も武士のはしくれ、しかも無外流の剣士だけになんとか剣で身を立てたいと望んでいたから、平蔵や伝八郎とつきあううち、いっそ三人で剣道場をひらこうと一念発起した。

さいわい小網町《こあみちょう》にうってつけの売り物が出ていたので、なんとか資金を工面し、剣道場をひらくことができた。

年輩の甚内を通いの師範に据え、伝八郎を住み込みの師範代にして、飯炊きの女中も雇いいれた。

平蔵は医者という本業もあり、毎日、出向いて門弟に稽古をつけるというわけにもいかないから、暇があれば顔をだす後見人という気楽な役まわりにしてもらった。

とはいえ江戸には剣道場などは掃いて捨てるほどある。医者とおなじで張り紙をしたところで、弟子があつまるものでもない。

危うく開店休業になりかけていたが、世の中は「捨てる神あらば拾う神あり」とはよくいったものである。

かつて平蔵が亡くなった養父の夕斎とともに磐根藩に同行し、三年間、磐根城下で過ごしていたとき、遊び仲間になって飲み歩いていた桑山佐十郎《くわやまさじゅうろう》という磐根藩士が、側用人という重職について江戸藩邸に出府していた。

しかも、そのころ磐根藩には藩主の座をめぐって陰謀をたくらむ徒党が暗躍していた。

平蔵は伝八郎と甚内の協力をえて、一味徒党を残らず斬り倒し、磐根藩の危機を救ったのである。

以来、磐根藩邸に出稽古を頼まれるようになり、藩士の入門者がふえて、近頃は道場の懐具合もすこしは楽になった。

## 四

「ところで今日は道場に顔を出さんでいいのか」

師範代が暇をもてあましているようでは先行きが思いやられると平蔵は気になったが、伝八郎はこともなげに一蹴《いっしゅう》した。

「なに、井手どのがおるから心配はいらん。それよりひさしぶりに、ちくと一杯やらんか。勘定は俺がもつ」

茶をすすりながら、えらそうにポンと胸をたたいてニヤッとした。

「実はの。昨夜、門弟の父親《てておや》から付け届けがあったのよ。それも、なんと一両だぞ、一両」

自慢げに小鼻をふくらませた。

「おい、そいつは道場の実入りに入るんじゃないか。きさまが勝手にネコババしちゃまずいだろう」

「ばかをいえ。向こうの父親の口上はきちんとしたものでな。……矢部先生が鍛えてくださったおかげで、わが倅《せがれ》もなんとか切り紙をいただけましたと、ちゃんと名指しで挨拶にきたのだ。れっきとした俺の取り分よ」

「なにが、れっきとした、だ。怪しいもんだ」

「こら、怪しいとはなんだ。聞き捨てならんぞ」

伝八郎は目を三角にした。

日頃から伝八郎は図体がでかいわりには銭勘定にこまかい。

「わかった、わかった。まさに、れっきとしたきさまの取り分だ」

「うむ。だから今日の勘定は俺がもつと言っておるのだ」

伝八郎は根が単純にできているから、おのれの言い分がとおったとなると機嫌をなおすのも早い。

「おい、ありゃなんだ……」

と、伝八郎が雑踏の向こう側に目をとめた。

いつの間に現れたのか、両国橋の橋詰めにおかしな風態《ふうてい》の牢人者がポツンと佇《たたず》んでいるのが見えた。

日焼けした黒の綿服にくたびれた袴《はかま》、素足に藁草履《わらぞうり》、腰に差した大小の鞘《さや》も、ところどころ塗りがはげている。

身なりも身なりなら、面体もどことなく間のびしていた。ひょろりとした長身にのほほんとした馬面《うまづら》がのっかっている。唇は分厚く、長い鼻は太くたくましいが、鼻孔は左右に張りだし、あぐらをかいている。おまけに眉毛は毛虫のように太い。

一度見たら忘れられない異相の持ち主だった。

牢人は片手に長さ八尺あまりの棒を槍のように立て、棒の先端に使い古したふんどしらしい布が括《くく》りつけてある。

川風に吹かれてヒラヒラと旗差し物のようにはためいている布には墨痕《ぼっこん》も鮮やかに大書した文字がしるされていた。

——相州物《そうしゅうもの》一振《ひとふり》五十五両
但《ただし》　限御仁某之意適

なにかにつけて物見高いのが江戸っ子、たちまち好奇の足を止めて人垣をつくりはじめたが、牢人は微動だにせず、双眸《そうぼう》を芒洋《ぼうよう》と空に泳がせている。

「ほう、相州物一振り五十五両とはおおきくでたの。まさか、あのハゲちょろけの鞘の中身のことじゃあるまいのう」

「いや、ほかに刀らしい物はもっておらんようだから、あの差し料を売るつもりだろう」

「あん？　正気か、あやつ……」

伝八郎、あんぐりと口をあけた。

「俺の差し料は大小あわせても七、八両が関の山だぞ。それでも、あやつの差し料よりはずんとましだと思うがな」

「刀は見てくれだけではわからんもんだ」

平蔵は一蹴した。

「あの但《ただ》し書きを見ろ。某《それがし》の意《い》に適《かな》う御仁《ごじん》に限《かぎ》るとあるだろうが。つまり、気に食わん相手には売らんということだ。大道で五十五両の高値をつけて売ろうというからには、よほどの逸品だと思うがな」

「ふうむ……それにしても五十五両とは半端な売値だぞ」

「五両は値切られたときの負け分じゃないのか」

「それにしても相州物となると無銘でも一見の価値はある。……ちょいと冷やかしてみるか」

気をそそられた伝八郎が腰をあげかけたときである。

通りすがりの三人連れの侍が足をとめて牢人者をとりかこんだ。

三人のうち主人らしい侍は大身旗本の伜らしく、紋付き羽織に熨斗目《のしめ》のきいた仙台平《せんだいひら》の袴をつけている。

あとの二人は質素な綿服に黒っぽい小倉袴という軽装だった。

家士のうち一人は見るからに血気盛んな若党だったが、もう一人は分別も心得た四十がらみの落ち着いた物腰の武士だった。

若党がなにやら二言三言、牢人と押し問答をしていたかと思うと、いきなり刀の柄《つか》に手をかけ、声高に怒号した。

「なにぃ！　いま一度申してみよ。われらには売らぬとはどういうことだ。返答次第では容赦せぬぞ」

どうやら多少、剣の心得があるらしく、牢人のどことなく頼りなげな馬面を見くびっている節もある。

牢人は途方に暮れたように目をしばたいた。

「はて、どう申せばよいかのう」

弱りきった顔になった牢人のかたわらで、棒に吊るした布が五月の風に煽《あお》られ、ハタハタと風に鳴った。

「つまるところ、この刀がそう申しておるということかの」

牢人は腰の刀に手を添え、もそもそと答えた。

聞きようによっては、なんとも人を食った返事である。

「な、なんだと!?」

案の定、若党は目鯨《めくじら》たてて猛《たけ》りたった。

「こ、こやつ、われらを愚弄《ぐろう》する気か！　売り物を見たいと申しておるにもかかわらず、それすら拒むとは無礼千万《せんばん》。しかも刀が申しておるとはなんじゃ。このまま引きさがるわけにはいかぬ」

刀の柄に手をかけると眉尻を吊りあげたのを見て、野次馬の人垣がドッとどよめいた。

自身番から駆けつけてきた番太も相手が悪いと見てか、人垣のうしろでうろうろしているだけだ。

見物していた平蔵と伝八郎は、顔を見合わせ、苦笑した。

「ははぁ、どうやら、あの但し書きが騒動のもとらしいな」

「ふふふ、なんなら退屈しのぎに止め男を買って出てもよいがのう」

「よせよせ。見たところ、あの牢人、なかなかの遣い手だぞ。ほうっておけ」

――火事と喧嘩は江戸の華《はな》。

物見高い連中はおもしろがって無責任にけしかける。

こうなると若党は頭に血のぼせて引っ込みがつかなくなった。

「こうなったら武士の面目にかけても、その刀、見せてもらうぞ」

「これ……もう、よい。場所柄をわきまえぬか」

年輩の武士が止めようとしたが、主人らしい紋服の若侍が冷笑をうかべて若党をけしかけた。

「いや、その相州物とやら申す差し料、わしも是非見たいぞ。もとより気にいれば値《あたい》は問わぬ。買いもとめてとらす」

「若殿……」

年輩の武士が困惑したように眉をひそめたが、若党のほうは主人《あるじ》も乗り気とあって、さらに勢いづいた。

「わかったか、素牢人！　若殿はことのほか武芸を嗜《たしな》まれ、素性のよい刀剣なら金品は惜しまれぬ。五十両が、百両でもお買いあげになられる。うだうだと申さず、お目にかけろ」

「お断り申す」

　牢人はにべもなくはねつけた。

「刀はおのが命を託すもの。飾り物、自慢の種になさるのなら、それがしの差し料でなくとも、ほかにいくらでもござろう」

　そう言うと、牢人は左手で腰の大刀を鞘ごと抜きとって見せた。

「見ての通り、この鞘にも鍔《つば》にも数え切れぬほどの傷がござる。もとより刃《やいば》は幾たびとなく修羅場をかいくぐり、数多《あまた》の武士の生き血を吸ってまいった、いわば凶刃でござるぞ」

　牢人の双眸に鋭い炯《ひか》りがさし、若殿とよばれた若侍をひたと見すえた。

「そのような品を差し料になされては、そこもとの御身分にも差しさわりがあろうと存ずる。いわば、そこもとには不釣り合いの品ゆえ、お引き取り願いたいと申しておるのだ」

　面倒臭くなったか、牢人は突き放すように言ってソッポを向いてしまった。

「おのれ！　素牢人の分際でへらず口をたたくな」

　いきなり若党が腰の物を抜くなり、ダッと斬りつけた。

「おおっ……」

「抜いたぜ」

人垣が固唾《かたず》を呑んだと思う間もなく、牢人は苦もなく躰をかわしざま、左手につかんでいた鞘で無造作に若党の刀をはたき落とした。

「いい加減になされ」

牢人は差し料を腰にもどし、路上に落ちていた刀を拾いあげると、若党の足元にポンと投げかえした。

「売る、売らぬは拙者の勝手、つまらぬ言いがかりをつけられては迷惑千万」

眉をしかめて吐き捨てた。

「おのれ！　言いがかりとはなんだ」

若殿の眉間《みけん》に青筋が走り、刀の柄に手をかけた。

「容赦はいらぬ。こやつを斬り捨てい」

さすがに年輩の武士は分別をわきまえていた。

「それはなりませぬ」

若い主人の腰にむんずと組みつき、声を励まして叱咤《しった》した。

「このような些細《ささい》なことで刃傷沙汰《にんじょうざた》を起こされては、お家柄にも傷がつきまするぞ」

そう言うなり主人の腰をかかえ、人垣の外に運びだしてしまった。

若党も急いで後を追っていった。

「なんだ。これでチョンか」

伝八郎は拍子ぬけした顔で舌打ちした。

「もう、ひと押し揉《も》めてくれれば俺の出番が来るなと、楽しみに待っておったのにのう」

「ばか。団十郎の『暫《しばらく》』じゃあるまいし、出番もへちまもあるか」

野次馬の人垣がようやく散りはじめたあとに、馬面の牢人は困惑したように所在なく佇んでいた。

さきほど垣間見せた鮮やかな手並みとは裏腹に、たとえようもなく侘《わび》しげなようすだった。

平蔵はゆっくりと牢人に歩みよって声をかけた。

「卒爾《そつじ》ながら、それがし神谷平蔵と申すものでござるが、その但し書きがおおいに気にいり申した。そこもとの意に添えるかどうかはわかりませんが、よろしければ場所を改めて拝見いたしたいと存ずるが如何《いかが》かな」

「これは丁寧なご挨拶でいたみいる。それがしは井関十郎太《いぜきじゆうろうた》ともうす」

牢人は几帳面《きちようめん》に辞儀をかえしたが、小首をかしげてなにやら思案しているようすだった。

洗い晒しの綿服の着流しに擦《す》りきれた草履という平蔵の身なりを見て、正体を判じかねているのだろう。

――ま、無理もないか……。

平蔵が苦笑したとき、横合いから伝八郎がしゃしゃり出た。

「いや、ご案じ召されるな。この神谷は見てくれはむさいが、兄者は禄高千八百石の大身旗本で公儀御目付を務めておられる。れっきとした三河譜代の旗本じゃ。さっきのちゃらんぽらん直参とは素性がちがう」

まるで自分が千八百石の旗本のような口ぶりで、ぐいと胸を張ってみせた。

「ついでといってはなんだが、わしは矢部伝八郎と申す。神谷とは餓鬼のころからのつきあいでござってな、鐘捲流の佐治道場でともに汗を流した仲じゃ」

ひとつ、もっともらしく咳払いを合いの手にいれ、

「いまは神谷とともに小網町で剣道場をひらいておる無二の剣友でござるよ」

ちゃっかり自分と道場を売り込むことも忘れなかった。

兄はともかく、いまは一介の町医者にすぎない平蔵にしてみれば、なんとも尻

の穴がこそばゆくなるような売り文句だったが、奇体にも、これが功を奏したらしい。

井関十郎太はおおきく目を見ひらいた。

「ほう、佐治一竿斎先生の門下でござったか……それがしの流派は一刀流でござるが、始祖伊藤一刀斎《いとういっとうさい》は鐘捲自斎《じさい》どのにも剣を学んだことがあると伝え聞いており申す。いわば、ご両人とは同門の間柄でござるな」

にわかに親しみをおぼえたらしく、井関十郎太の顔もやわらいだ。

伝八郎のお節介も、たまには役に立つものだ。

# 第三章　妖刀村正

## 一

両国広小路にある料理茶屋「味楽《みらく》」は、平蔵が知り合いの北町奉行所の定町廻《じょうまちまわ》り同心斧田晋吾《おのだしんご》に連れていってもらってから行きつけになった店で、店主の茂庭《もにわ》十内《じゅうない》と娘のお甲《こう》に降りかかった危機を助けたこともある昵懇《じっこん》の間柄だ。

「ま、神谷さま……」

二人を伴って「味楽」の土間に足を踏みいれると、お甲が奥から出てくるなり目を瞠《みは》って迎えた。

「おお、お甲。無沙汰《ぶさた》したな」

「ほんと、神谷さまは薄情なんだから……」

側に寄り添ってきたかと思うと、お甲はいきなり手をのばし、ぎゅっと脇腹を抓《つね》って腕をかいこんだ。

香料と女盛りの肌の匂いが甘く鼻孔をくすぐった。

お甲とは去年の夏、もうすこしで男と女の仲になりかけたことがある。

ひと冬越して女盛りを迎え、いっそう色っぽくなったお甲を見ると、ちょっぴり惜しい気がしないでもない。

「十内どのに引き合わせたい客人を連れてきたのだが」

「いま、おとっつぁんは軍鶏《しゃも》のいいのが手にはいったので捌《さば》いているところですけど。とにかく奥へどうぞ」

「ほう、軍鶏とくれば鍋だの。こいつはこたえられん」

食い意地の張った伝八郎がとたんに目尻をさげて、舌なめずりした。

お甲に酒肴《しゅこう》の前に十内に話しておきたいことがあるから、手が空いたら顔を出してくれるように頼んでおいて、いつもの小座敷に腰を据えると、茂庭十内のことを井関十郎太に話した。

かつて十内は禄高七百石の旗本の嫡子《ちゃくし》だったが、惚《ほ》れた女のために家督を弟に譲り、みずから包丁をとって料理茶屋をしているのだというと、井関十郎太は憮然《ぶぜん》となった。

「おなごのために家督を捨てられた、となぁ……」

「さよう。惚れた相手が身分ちがいのおなごだったということもありますが、父《てて》御《ご》が腹ちがいの弟を可愛がっておられたため、みずから廃嫡し家督を譲ろうとなされたのだと申す者もおります」

「ほう、それはできた御仁《ごじん》ですな」

井関十郎太は深ぶかとうなずいた。

「身を捨ててこそ浮かぶ瀬もありとは申せ、なかなかできぬことじゃ」

「貴殿をここにお連れしたのは、その相州物の目利きをしてもらうためでござるよ」

「目利き、を……」

「さよう。この家のあるじどのは骨董《こっとう》はもちろんのこと、刀剣の目利きにかけては江戸でも知られたおひとゆえ、刀剣商にも顔が広うござる」

「ほう、それは……」

十郎太が膝を乗りだしたとき、襖《ふすま》をあけて茂庭十内が温和な顔を見せた。

# 二

「わかりました。神谷さまのお頼みとあればやむをえませぬな」

　平蔵からいきさつを聞いた茂庭十内はかすかにうなずくと、井関十郎太に目を向けた。

「むかしはともかく、いまのわたしは見ての通りの、しがない料理茶屋のあるじにすぎませぬゆえ、お腰の物を拝見しても、ご得心のいかぬこともございましょうが、それでもよろしゅうございますかな」

　鑑定が十郎太の意に染まなくてもよいかと、念をおしたのだ。

「むろんのこと、ご懸念にはおよばぬ。恥ずかしながら貧に窮して手放す気になったものの、この差し料は亡父の形見というだけで、どれほどの値《あたい》か、それがしにもわからんありさまでの」

　十郎太は脇に置いてあった黒鞘《くろざや》の大刀をつかむと十内の前に差しだした。

「行きずりの縁ながら、神谷どののお人柄はおよそわかり申した。その神谷どのが信頼なされている御仁に鑑定をお願いできるとあれば、それがしにとっても、またとない好機にござる。なにとぞ、よしなにお願い申す」

小腰を折って深ぶかと頭をさげた。

物腰も折り目正しく、言葉使いの端ばしにも朴訥《ぼくとつ》な人柄がにじみ出ている。

いまは尾羽打ち枯らしているが、かつてはれっきとした藩士だったにちがいないと平蔵は思った。

「では、拝見いたします」

懐紙《かいし》をとりだし、刀を手にした茂庭十内の目がにわかに緊張した。

「この鍔《つば》は亡くなられた井関さまの父御が所持なされていたときから刀に付いていた品ですかな」

「は、鞘も、鍔もそのままでござるが、それがなにか……」

「いや……」

十内は口を濁すと、それまでの温和な表情を一変させ、すっと背筋をのばし、双眸《そうぼう》に厳粛な光を宿らせた。

「御免……」

十郎太に向かって一礼し、懐紙を口にふくんでスラリと刀を抜き放った。

手にした刀身が、丸窓からさす淡い陽光を吸って青白く冴《さ》えわたった。

――これは……。

平蔵は思わず身を乗りだした。

一目、刀身を見ただけで、並みの刀ではないことがわかる。

長さはおよそ二尺三寸（約七十センチ）、刃文は表裏ともゆったりとした大波のような互《ぐ》の目《め》乱れで整然と揃っている。

平蔵が愛蔵している真改や助広《すけひろ》の刃文にくらべると地味だが、見るからに品位を感じさせる逸品だった。

十内は鍔元から切っ先まで食い入るような眼ざしをそそいでいたが、しばらくして井関十郎太をかえりみた。

「茎《なかご》を拝見してもかまいませぬかな」

茎とは忠とも書く、柄《つか》のなかに収まっている刀芯《とうしん》のことで、刀鍛冶が銘をいれるのも茎である。

「は……」

十郎太はすこしためらった。

「もとより異存はござらぬが、銘は鑢《やすり》で摺《す》りつぶし、無銘になっております」

「なんの、刀の値打ちは銘の有無とはかかわりのないことでございます」

そう言うと、十内は作法通り、目釘、鍔、柄を外し、茎を改めた。

たしかに目釘穴と棟区《むねまち》のあいだに銘に鑢をかけてつぶした痕跡があったが、奇妙なことに目釘穴から一寸ほど離れた箇所に［人］の一字が刻まれていた。

「やはり、な……」

茂庭十内はかすかにつぶやくと、刀身を元にもどし、井関十郎太のほうに差しだした。

「結構な眼福をさせていただきました」

「眼福と申されると……」

「井関さまと申されましたな。この差し料の由来は存じませぬが、これは無銘ながら、並みの差し料ではございませぬ」

平蔵、思わず目を瞠った。

「では、井関どのが申されている通り、相州物ということですか」

「いや、ゆったりとした湾《のた》れは相州物に通じるところがありますが、これは勢州《せいしゅう》村正《むらまさ》の作刀と拝見しました」

「村正……」

一瞬、平蔵は凝然として息をつめた。

井関十郎太も、思いもよらぬ十内の鑑定に呆然とした。

村正は室町時代の刀工で、相州鎌倉に在住した名工五郎入道正宗《ごろうにゅうどうまさむね》に師事したが、後に伊勢の桑名郡千五《せんご》村に居を構え、作刀に専念したと伝えられている。

「おい、平蔵。村正といえば名刀にはちがいないが、徳川家に仇《あだ》なす凶刀として忌《い》み嫌われておる妖刀ではないか」

めったなことでは動じない伝八郎が声をひそめてささやいた。

「うむ。そういうことをいう人びともいるが、妖刀などというのはくだらん俗説にすぎん。勢州の千五村正といえば、五郎入道正宗にも匹敵する名工であることはまちがいない」

千五村正の作刀が妖刀と呼ばれるようになったのは、家康の祖父の清康《きよやす》が合戦のおりに村正の刀で斬られて討ち死にし、父の広忠《ひろただ》が城中で乱心した家臣に襲われたときも村正の刀だったためで、また家康自身も幼少のころ誤って村正の短刀で手を傷つけたことがあるという。

たびかさなる一族の凶事に村正の作刀がかかわっていたことから、徳川家では村正を妖刀と忌み嫌うようになったといわれている。

「神谷さまの申される通りですよ」

　茂庭十内が深ぶかとうなずいた。

「権現《ごんげん》さまが村正を忌み嫌われた心情はわからないでもありませんが、だからといって妖刀あつかいにしては村正が泣きましょう」

　十内はかつて徳川家の直参だったにもかかわらず大胆なことを言ってのけた。

「この刀の銘を削ってあるのは将軍家を憚《はばか》ってのことでしょうが、銘に鑢をかけたところで村正の値打ちがさがるわけではありません。むしろ銘に鑢をかけて消してあることが、この刀が村正であることの証《あか》しのひとつともいえましょう」

「ふうむ……」

　井関十郎太は太い溜息をついた。

「参ったのう。先祖伝来の家宝が曰《いわ》くつきの刀とあれば、下手に売るにも売れぬ。これはいかい弱りもうしたの」

「井関さま……」

　茂庭十内はふわりとした眼ざしを十郎太に向けた。

「千五村正といえば、天下に聞こえた大名道具。めったな家に伝わるような品ではありませぬ。どういういきさつで、この刀が井関さまのお家にもたらされたのか、差し支えなければ、その由来をお聞かせ願えませぬか」

「う、う、ううむ……」

井関十郎太はしばしためらっていたが、やがて重い口をひらいた。

「それがしが亡き父より聞かされたところによると、井関家の祖先が合戦の軍功を賞されて本多《ほんだ》平八郎忠勝《へいはちろうただかつ》さまから賜《たまわ》ったということでござる」

「ほう、それは、また……」

これには十内ばかりではなく、平蔵も、伝八郎も驚愕《きょうがく》を禁じえなかった。

三

本多平八郎忠勝は戦国乱世のころ、徳川家康の旗本でも四天王の一人に数えられた勇士である。

——家康に過ぎたるものが二つあり、唐《から》の頭《かしら》に本多平八。

俗謡にもなるほどで、その武勇に惚れこんだ天下人の豊臣秀吉《とよとみひでよし》が直臣《じきしん》にもらいうけたいと懇望したほどだった。

井関十郎太の祖先は忠勝の子飼いの郎党《ろうどう》として数多《あまた》の戦場に参陣していたが、関ヶ原の合戦で敵の軍勢が家康の本陣めざして襲いかかってきたとき、忠勝の間近にいて獅子《しし》奮迅《ふんじん》のはたらきをした。

その功を賞した忠勝は当座の褒美《ほうび》として陣中で一振りの刀をあたえた。

拝領した刀は井関家の家宝として代々受けつがれてきたが、それが村正の作刀だったとは十郎太の父の頼母《たのも》も知らなかったという。

天下泰平の世となって、本多家は播州《ばんしゅう》姫路十五万石を領することになった。ところが宝永元年に忠勝の嫡流である忠国《ただくに》が他界し、三男の忠孝《ただたか》が家督を継いだが、まだ七歳の幼少だったため、公儀の命により越後《えちご》村上《むらかみ》十五万石に移封されてしまった。

そのころ井関家は禄高八百石、藩の重職も出す上士の家柄で、父の頼母は物頭《ものがしら》を務めていたが、この姫路から越後村上への移封は、徳川譜代の名門である本多家をないがしろにする処置だと憤激していたという。

「無理もござらぬ。なにせ姫路は山陽道の喉首、西の毛利《もうり》、島津《しまづ》など外様《とざま》の雄藩への押さえという公儀にとっても大事の要所でござる。……それを、ただ殿が幼少というだけで移封されるのは、武勇で聞こえた本多家の家臣としては我慢ならぬという気持ちだったのでござろう」

井関十郎太はそのころの父の無念を思いやってか口をへの字にひき結んだ。

「それに播州は冬も暖かく、土地も肥沃《ひよく》でござったが、越後村上は一年の半分は雪に埋もれて過ごさねばなりませぬ。禄高はおなじ十五万石でも実入りには雲泥の差がござる。年老いた父にとって幕府の処置は非情きわまりないものに受けとれたのでござろう」

さらに五年後の宝永六年九月、この本多家に追い討ちをかけられるような悲劇が降りかかった。

七歳で藩主となった忠孝が、十二歳という若さで急逝《きゅうせい》したのである。

むろんのこと、世継ぎをもうけられる歳ではなかった。

家督《かとく》を継ぐべき世子が無きときは改易《かいえき》が幕府の御定法《ごじょうほう》である。

忠勝以来の名門本多の家名もこれで絶えるのかと、藩士は息をひそめて公儀の沙汰を待った。

「なにせ、先代の公方《くぼう》さまは容赦のないお方でございましたゆえな」

十郎太は苦い目になって、言葉を濁した。

先代の公方とは五代将軍綱吉のことである。

綱吉は三代将軍家光の四男で上野館林《こうずけたてばやし》の城主だったが、四代将軍家綱《いえつな》に世継ぎがなかったため将軍のお鉢がころがりこんできた、いわば亜流の将軍である。

おまけに綱吉の生母である桂昌院《けいしょういん》は京の八百屋の娘だったから、三百諸侯の綱吉を見る目はおのずと冷ややかなものになる。

後年、「生類憐《しょうるいあわ》れみの令」などという、前代未聞《ぜんだいみもん》の禁令を発した偏執《へんしゅう》的な気性だった綱吉は、館林時代から寵愛《ちょうあい》していた柳沢吉保《やなぎさわよしやす》を側用人に抜擢し、老中首座の上に置くという異例の人事を命じ、三百諸侯に新将軍の勢威を見せつける強権政治に着手したのである。

権力者がおのれの権力を誇示する最大の武器は人事である。

諸侯がもっとも恐れるのは領地没収、お家断絶という非情の斧《おの》であることはいうまでもないが、二番手は領地減封、三番手は移封という寒風である。

綱吉はこの非情の斧と、寒風を使いわけて諸侯を震えあがらせたのだ。

かつては徳川に盾《たて》つくことも辞さなかった島津、毛利、上杉、伊達《だて》など外様の雄藩も、泰平の世がつづくにつれ牙をもがれ、じわじわと飼いならされ、あえて歯向かう気概《きがい》も、武力もなくしていた。

綱吉は将軍の座に在位した天和《てんな》、貞享《じょうきょう》、元禄《げんろく》、宝永《ほうえい》にかけて、徳川の一門譜代二十六家、外様十七家、合わせて四十三の大名家を改易してしまった。

減封、移封にいたっては百家を越える凄《すさ》まじさだった。

もし綱吉が在位中なら、本多家も改易は免《まぬが》れなかったにちがいない。だが不幸中の幸いというべきか、その綱吉は八ヶ月前に病没し、家宣《いえのぶ》が六代目の将軍位についたばかりだった。

綱吉にも世継ぎはなく、甲府宰相だった甥《おい》の家宣が将軍位についたのだ。

家宣は新しく将軍の座についたばかりという配慮もあり、生来、穏やかな人柄だったから、分家の播州《ばんしゅう》山崎藩主の長男忠良《ただよし》に本家の跡目を継がせて存続させるという温情をしめしたものの、禄高は十五万石の三分の一、五万石に減封するという沙汰をくだした。

「もはや本多家はつぶれたも同然じゃ。この先、生きながらえても本多家に陽《ひ》がさすことはあるまい」

そう嘆いた十郎太の父は憤激のあまり、家禄を返上してしまったのだ。

十五万石の大藩が五万石に減封されては、家臣団もそっくり残るというわけにはいかない。

本多家には千数百人の家臣がいたが、いくら減俸しても禄高五万石では抱えられる藩士は四、五百人が精一杯というところである。

また本多家には千石を越える高禄の者も数多くいたが、五万石ではそんな高禄をあたえるわけにはいかない。

それに新領主となった忠良が分家から直属の家臣を連れてくるだろうし、彼等を要職につけようとするだろう。

まさに本多家の家臣にとっては寒風どころか、烈風の襲来だった。

しかも、この先、五万石に減封された本多家が、永遠に安泰だという保証はどこにもなかった。

公儀の都合で、いつ改易になるか、また、どこぞの僻地《へきち》に移封されるか知れたものではない。

十郎太の父・頼母は禄を返上して数日後、公儀の処置を痛烈に弾劾した遺書を残して、切腹し、果てた。

大半の藩士は減俸覚悟で新藩にとどまったが、頼母の憤死に呼応し、禄を返上して牢人する者も出た。

そのころ十郎太は近習見習《きんじゆうみなら》いにとりたてられたばかりだったが、父が家禄を返上したのに自分だけが止《とど》まるというわけにはいかなかった。

また、止まったとしても、公儀の沙汰に盾つくような形で自決した者の息子を、新藩主が受けいれてくれようはずもなかった。

さいわい十郎太は身軽な独り身だったから、江戸郊外の押上村にある開運寺《かいうんじ》の住職をしている叔父の覚源《かくげん》のもとに身をよせることにし、家具や家財を売りはらい江戸に出てきた。

そのとき、伝来の鎧兜《よろいかぶと》や刀槍も手放したが、忠勝から拝領したという刀だけはどうしても売る気にはなれなかったと井関十郎太は語った。

四

「ううむ。本多平八郎どのから拝領した刀で、しかも作刀が千五村正《せんご》とくれば天下の宝物、大変な代物だの」

お甲が運んできた軍鶏鍋をパクつきながら十郎太の話を聞いていた伝八郎が羨《うらや》ましげに唸《うな》った。

「わしに金があれば是が非でも譲りうけたいところだが、五十五両などという大金では手も足も出ぬわ」

「ほう、売値が五十五両ですか……」

茂庭十内が呆《あき》れ顔になった。

「井関さま。そんな金額では、とても売れませぬよ」

「は……それがしも、いささか高値をつけすぎたとは思いましたが」

十郎太はうろたえたように目をしょぼつかせた。

「いやいや、勘ちがいなされるな」

十内は苦笑して手をふった。

「高すぎるなぞと、とんでもない。千五村正の作刀といえば五郎入道正宗の作刀に匹敵する天下の名刀。いわば大名道具でございますよ。二百両や三百両なら、すぐにでも買い手がつきましょうな」

「え……」

十郎太は唖然とした。

「ご、ご亭主。……それは、まことでござるか」

「お確かめになりたくば久松町か芝の日蔭町あたりの刀剣商に値踏みをさせてみられるがよい。あのあたりは値の安いものばかりをあつかっておりますが、それでも黙って二百両は出しましょう」

「二百両……」

「なれど、それではあまりにも惜しい。せめて秋ごろまでお待ちなされ。……村正なら五百両、いや、千両の値がついても欲しいともうされる大名家はいくらでもありましょう」

「せ、千両……」

「大きな声ではもうせませぬが、徳川家が忌み嫌う村正だからこそ欲しいという大名家はいくらでもございますよ」

十内は眼に皮肉な笑みをうかべた。

「ははあ、というと、さては薩州侯あたりですかな」

平蔵、ポンと膝をたたいた。

「さもなくば長州の毛利か、仙台の伊達……」

「さて……」

十内は含み笑いをしただけで明言はせず、十郎太に目を向けた。

「失礼ながら、さしあたってご入り用の金子《きんす》はいくらぐらいですかな」

「は……あ、いや、それがしは叔父が住職をしております押上村の開運寺という寺に居候《いそうろう》させてもらっておりまするゆえ、当面、これという入り用はござらぬが、それがしとおなじく本多家を離れて江戸にまいっておる仲間のひとりが妻子をかかえて生計《たつき》に窮しておりましてな」

「なるほど、その、お方の窮地を見かねてという……」

「とは申せ、恥ずかしながら、それがしも叔父の厄介になっておる身で、手元不如意。ほかにこれといって金子を工面する手立てもござらぬゆえ……」

十郎太はホロ苦い目になった。

「なんの、金子に窮するのは別に恥じることではありませぬ。そういうことなら十両もあれば当座の凌《しの》ぎにはこと足りるのではありませぬかな」

十内の言葉に十郎太は喜色をうかべて膝をのりだした。

「は……それは、もう」

「井関さま。その差し料を手放されるのはさしおいて、代わりにその差し料の鍔《つば》をわたしに十五両でお譲りいただけませぬか」

「え……こ、この、鍔を」

「はい。その鍔もなかなかの逸品でしてな。無銘ながら京の鐔工《たんこう》の作だと思われます。文様は素朴ですが、海亀を浮き彫りにしてあるのがおもしろい。……世の中には鍔を買い漁《あさ》る好き者がけっこうおります。鶴亀の文様は縁起がよいと好事《こうず》家《か》には好まれましょう。二、三十両の値がついてもおかしくはございませぬ」

「ほう、それは……しかし、もし売れなければ貴殿にご迷惑をおかけすることになるが」

「なに、そのときはそのとき、所詮、金は天下の回りもの。鍔ひとつで、ひとさまのお役に立てばこんな結構なことはございませぬ」

十内は気さくに笑って腰をあげた。

「とはいえ、鍔がなくては格好がつきませぬゆえ、わたしが代わりの鍔をさしあげましょう。しばらく、お待ちくださ い」

そう言うと、茂庭十内は部屋を出ていった。

「神谷どの。……まことにありがたい話だが、初対面のそれがしが、こんな過分のご好意に甘えてよいのかの」

「お気になされるな。あれが、十内どののお人柄でござるよ」

「ふうむ……それにしても、この鍔が十五両とは」

十郎太は脇に置いた黒鞘の刀を手にとり、しげしげと見いった。

「井関どの……」

平蔵がほほえみかけた。

「その差し料、それがしにも拝見させていただいてもよろしいかな」

「お、おお……どうぞ、ご存分に」

差しだされた刀を手にした平蔵は作法通り懐紙を口にふくみ、鞘を払った。

丸窓から仄《ほの》かに差しこむ陽の光を吸って、刀身が青白く冴えわたった。

――なるほど、これは……。

平蔵には刀剣の鑑定をするほどの目はないが、刀身が放つ品位はおのずから伝わってくる。

ゆるやかながら、力強い刀身の反りといい、鋒《きつさき》から鍔元にかけて大波のうねりを思わせる白い乱れ刃文、棟から鎬地《しのぎじ》の藍《あい》とも黒ともつかぬ深い色合いは見るものの魂が吸いこまれそうな神韻《しんいん》を漂わせている。

それは平蔵が愛蔵している井上真改や、津田《つだ》助広とは、また一味ちがう古刀の風格だった。

# 五

井関十郎太は両国橋を渡り、竪川《たてかわ》沿いの道を柳原町のほうに向かっていた。

――それにしても、よいお人たちにめぐりおうたものだ……。

江戸者は人情が薄いと聞かされていたが、今日、めぐりあった三人は縁もゆかりもない十郎太を十年来の知己のように遇してくれた。

——今日のこと、夢忘れまいぞ。

あらためて、そう思わずにはいられない。

越後村上の地を離れ、江戸に出てきて四年になる。

少しは蓄えもあったし、家財を売り払った金をあわせると三百両あまりあったが、長年のあいだ仕えてくれた家士や下男や女中たちに分け与えると手元にはほとんど残らなかった。

だが、江戸には叔父の覚源がいる。まさか食うに困ることもあるまい……。

そう高をくくって出てきたが、覚源が住職をしている開運寺は雨漏りを修理するのも怠りがちという貧乏寺だった。

おまけに覚源は無類の酒好きで、たまに檀家からお布施《ふせ》がはいるとすぐに胃袋におさめてしまう。

貧乏寺でも境内はけっこう広く、本堂や庫裏《くり》の掃除だけでも手間がかかる。

十二になる小僧が一人いるが、掃除、洗濯、飯炊きに追われて読経の修行もままならぬありさまだった。

見るに見かねて十郎太も屋根に登って雨漏りの修理をしたり、庭掃除をしたりして手伝っている。

江戸に出てきたときは八十両あまりあった所持金も、亡父の縁につながる旧本多藩の仲間が暮らし向きに窮すると二両、三両とあたえてきたから残金も底をついてきた。

金目のものといえば先祖伝来の腰の物だけになった。

世の中には家族が食いつなぐために娘や女房まで苦界《くがい》に売る者もいる。

一振りの刀を手放すことにさしたる未練も、ためらいもなかったが、ただ、すこしでも高く売りたかったし、できうれば十郎太が見て「この、おひとならば」と思える御仁に譲りたかった。

だから刀剣商を通さず、みずから大道に立って売ろうと考えたのである。

それが、神谷平蔵たちと知り合うきっかけになったのだ。

――世の中、わからんものだ……。

十郎太の顔が思わず笑みくずれた。

懐中には茂庭十内から鍔の代金にもらった十五両の小判がある。

代わりにもらった鍔は尾州の鐔工の作で地金は鉄、文様はなく「明鏡止水」の四文字が刻まれているだけの武骨なものだったが、その素朴さが清々《すがすが》しく十郎太はおおいに気にいった。

そもそも十郎太は五十五両で刀が売れれば御の字だと思っていたのに鍔だけで十五両になったのだから、こんなありがたいことはなかった。

――ともあれ、勘六《かんろく》には十両ほど渡してやらねばな……。

十両あれば、勘六も一年ぐらいはなんとか食いつなげるだろう。

梶山《かじやま》勘六の喜ぶ顔を早く見たいと、十郎太はすこし足を急がせた。

十郎太の父は面倒見がよく、姫路にいたころ何人かの牢人を推挙し、藩士にしたが、勘六もその一人だった。

以来、勘六は父の恩義を忘れず、井関家になにかあれば駆けつけてきて、長年仕えてきた家人のごとくに尽くしてくれた。

父も勘六を格別に気にかけていたし、十郎太も勘六を実の弟のように思い、気にかけてきた。

勘六は今年で三十二歳、十郎太より三つ年下だが、越後村上にいたころ妻を娶《めと》り、長女をもうけ、さらに江戸に出てきてから次女が産まれた。

しかも、いま妻女の腹には三人目の子が宿っている。

勘六は女房とふたりで団扇《うちわ》張りの手内職をして生計《たつき》をたてているが、育ち盛りの子をかかえた四人所帯では、日々食うにもことかくありさまである。

もう一人、赤子が産まれたらどうするつもりなのだ。

――それにしても、あやつ、ようもつぎつぎと子を孕《はら》ませおって、すこしは所帯を考えて子を造ればよいものを……。

どんぐりに目鼻をつけたような勘六の顔を思いうかべ、十郎太は溜息まじりに舌打ちした。

梶山勘六は深川柳原町の与平《よへい》長屋に住んでいる。

むろんのこと九尺二間《くしやくにけん》の裏店《うらだな》で、親子四人が六畳一間に寝起きしている。

あの手狭な部屋でどうやって女房を孕ませられるのか……。

そこが、なんとも合点がいかない。

むかしから融通のきかない堅物だった勘六が、女房との子造りだけはマメに励んでいるらしいのが、十郎太にはなんとも奇妙でならない。

そういえば勘六が住んでいる与平長屋はどこも子沢山で、露地には子供の戯《たわむ》れる声と赤子の泣き声が絶えることがない。

頭数がふえれば食い扶持《ぶち》もふえ、所帯が苦しくなるのは目に見えているのに性懲りもなく赤子を産む。

——どうやら、あの道だけは別物らしいの……。

雑魚寝《ざこね》のなかで夫婦が寝ている子の目を盗んでは睦《むつ》みあう図を想像すると、思わず苦笑がこみあげてくる。

ふいに尿意をもよおした十郎太は、あたりを見回すと竪川の川っぺりに立ち、袴《はかま》の裾をたくしあげ勢いよく放尿した。

「へっ、馬面《うまづら》がのうのうとションベンこいてやがら……」

縞《しま》木綿の裾をからげ、股引《ももひ》きに藁草履《わらぞうり》という、一目で町方の下っ引きとわかる風体の破落戸《ごろつき》が露地の陰から十郎太を見張りながら口をひんまげた。

「先生。いまのうちにバッサリとやっちまえばどうです」

かたわらの軒下で懐手を組んでいる剣客風の牢人をかえりみた。

「うむ。殺《や》るのはわけもないが、人目についてはまずかろう」

「なあに、この深川じゃ道端に牢人の死骸のひとつやふたつ転がってようが、どうってことありませんや」

ニヤリとして懐から匕首《あいくち》をのぞかせた。

「なんなら、あっしが殺っちまってもよござんすよ」

「ばかをいえ。あの男、見た目は土臭い田舎者だが、腕は立つ。きさまの手におえる相手ではない。殺るときはおれが殺る」

先生と呼ばれた剣客風の牢人がジロリと睨《にら》みつけると、背後に目をやった。

「佑之進《ゆうのしん》さま。いくらなんでも陽のあるうちの刃傷沙汰《にんじょうざた》は避けたほうがよいと存じますが」

「む、うむ。時と場所はそのほうにまかせる。ともあれ、きゃつをかならず仕留めよ」

紋付き羽織に仙台平の袴をつけた二十歳そこその若侍が吐き捨てた。

「あやつの腰の物、千五村正だと『味楽』の女中が小耳にはさんで、わしが日頃から手なずけておった御用聞きにもらしたそうだ。なんとしても我が手に入れなければ腹の虫がおさまらん」

「ま、きゃつの成敗はそれがしにおまかせあれ。たかが痩《や》せ牢人一匹の始末、それがしが手を出すまでもなく、門弟どもで事足りましょう」

露地の奥にひかえている、見るからに屈強な二人の牢人者を目でしゃくってみせた。

# 六

そのころ「味楽」では平蔵と伝八郎が軍鶏鍋の汁を飯にぶっかけて舌鼓《したつづみ》をうっていた。

「ううむ、うまい。これはいける」

「まったくだ。井関どのもこいつを食ってから帰ればよかったのにな」

「いやいや、おそらく、あの御仁は梶山勘六とかもうされる友人に一刻も早く金子を届けたかったのでしょう」

茂庭十内は好もしげに微笑した。

「いまどき、めずらしく情に厚い御仁ですよ」

「それにしても惜しいのう」

伝八郎は箸の手を休めて、もちまえの野太い声で慨嘆《がいたん》した。

「なにも、みすみす八百石の食禄を棒にふることはあるまいが……考えてもみろ。八百石といえば旗本でも大身にはいるぞ。たとえ食禄を三が一、四が一に減らされても、新藩に残っていたほうが得だったと思うがな」

伝八郎はわがことのように愚痴をこぼした。

おおかた三十俵二人扶持の貧乏御家人のおのれの生家とひきくらべて、自分がとってかわりたいとでも思ったのだろう。

「みみっちいことを言うな。井関どのの父上は武士の意地を貫かれたのだ。いちいち身の損得を考えていたら侍が、侍でなくなる」

平蔵がきめつけると伝八郎は不服そうに口を尖らせた。

「ちっちっ、武士の意地もいいが、意地だけじゃ食ってはいけまいが。上は老中方から下は八丁堀《はっちょうぼり》の同心にいたるまで万事は袖の下次第という世の中だ。綺麗ごとだけでは口が干あがってしまうぞ」

「ふふ、きさまもだいぶん世故《せこ》に長《た》けたことを言うようになったな」

平蔵がまぜっかえした。

「おい。そりゃどういうことだ」

とたんに伝八郎が目を三角にして突っかかってきた。

「なにやら、俺の品性がさがったように聞こえるぞ」

「ま、そう尖《とん》がるな」

平蔵、ホロ苦い目になった。

「なに、おれもきさまと同類よ。ちょいと懐があったかくなると気前よく飲み食いし、懐がさみしくなるとあわてふためく。侍を捨てたはずが腰の物は捨てきれず、医者の看板をあげちゃいるが、なにかというと押っとり刀で駆け出す。いい女に出くわしゃ、つい手をだしてしまう。われながら忸怩《じくじ》たるものがある」

それまで黙って二人のやりとりを聞いていた茂庭十内が微笑《ほほえ》みかけた。

「よいではありませぬか。神谷さまも、矢部さまも、今のままで……」

「うむ……」

「士道がどうのこうのというのは、扶持をいただいている武家のことですよ。おふたりとも仕える主《あるじ》もなく、おのれの才覚だけで生計《たつき》をたてておられる。だれに憚《はばか》ることともございますまい。ただ一所懸命に過ごされていれば、誰に恥じることもありませせぬよ」

「一所懸命、か……」

「さよう。だれしも一所懸命に生きていれば、少しは人さまのお役に立つこともできます。その褒美《ほうび》にたまには、うまいものを食い、よいおなごと睦《むつ》みあう。それで充分ではございませんか」

「ううむ……」

「人という生き物は米を食らい、獣を食らい、魚を食らい、ありとあらゆる生き物を食らいつくして命を長らえる業の深い生き物でございますよ」

茂庭十内は温顔に似合わず、ときおり辛辣《しんらつ》なことを言う。

「ただ、人が獣より少しはましに生きることができるとすれば、どう生きるかにつきましょうな」

「どう、生きるか……か」

「なに、むつかしいことではありませぬ。武士は武士らしく、職人は職人らしく、おなごはおなごらしく、人それぞれに、らしく生きれば、死ぬるときも思い残すことはございますまい」

「ふうむ……」

伝八郎が太い溜息をついた。

「らしくと言われても、俺の得手はむかしから喧嘩《けんか》ぐらいのもんだからな。ほかに取り柄はないわ」

「なんの、喧嘩上手も大事。卑下なさることなどありませぬ」

十内がとりなすように微笑した。

「世の中には揉《も》め事がつきものでございますからな。それを鎮めるのが武士の仕事、いわば矢部さまのようなおひとがいなくては世の中、物騒な輩《やから》がのさばって始末におえなくなりましょう。そもそも古《いにしえ》から侍は喧嘩が稼業のようなものではありませぬか」

十内、ずばりと言ってのけた。

「け、けんか、が……稼業」

これには伝八郎、いささかたじろいだが、平蔵はその肩をポンとたたいて笑いとばした。

「ちがいない。侍の看板は腰の差し料だからな。喧嘩が稼業とは言いえて妙……さすが十内どのだ」

「お、おい、神谷……」

「いいじゃないか、喧嘩屋、おおいに結構。……なにせ、これまでもきさまのおかげで俺もずいぶんと助けられたからな。人にはそれぞれ得手不得手がある。よけいなことを考えると伝八郎が伝八郎らしくなくなるぞ」

徳利を手にし、伝八郎の杯に酌をしてやった。

「まあ、飲め、喧嘩屋……」

「そう喧嘩屋、喧嘩屋というな。俺は好んで喧嘩を売った覚えはないぞ」

「そうかな。さっきも両国橋で喧嘩の止め男に入ろうと、むずむずしておったろうが」

「う、ううむ……」

「ところで、十内どの。……あの刀、逸品にはちがいないが、無銘となれば当然ながら値打ちもさがりましょう。それでも五百両という大金を出すおひとがおりますかな」

「神谷さま。あの刀は無銘のようですが、あながち無銘とは申せませぬ」

「ほう、それは、また、どういう……」

「されば……」

十内は一拍おいて平蔵と伝八郎を交互に見やった。

「あの刀の茎《なかご》の銘は鑢でつぶしてありましたが、目釘の下に「人《じん》」の一字が刻まれておりましたのじゃ」

「じん……」

「さよう。天地人の人でござる。村正が師の五郎入道正宗のもとを去り、勢州千五村に居をさだめ、その鍛刀の評価がようやく高まりはじめたころでござろうな。ときの鎌倉公方足利持氏《もちうじ》からもとめられ「天地人」の三文字を刻んだ刀を三振り、作刀したと聞きおよんでおりまする。持氏はそのうち［天］の一振りを帝《みかど》に献上したといわれておりますが、定かではありませぬ」

これには平蔵も、伝八郎も呆然として顔を見合わせた。

「ご承知のように持氏は永享《えいきょう》の乱に破れ、自害し果てましたゆえ、この三振りの村正の行方はいまだに知れずじまいになっております」

「十内どの。では、井関どのの刀が、その天地人の一振りだと……」

「おそらく、十中八、九は……」

「ううむ……それは、また、大変な代物だ」

「よほど井関さまにも、そのことを申しあげようかと思いましたが、万が一、わたしの目ちがいということもありますので黙っておりました」

「では村正ではないかも知れぬと……」

「いや、村正の作刀であることだけはたしかです。ただ、足利持氏のもとめに応じて天地人の三振りの刀を鍛刀したという故事はあくまでも伝聞ゆえ、確たることは申せませぬ」

「なるほど……」

「むろんのこと五百両なら、いま、すぐにでも買い手はおりましょうが、いま手放されてはご損をなされるのが目に見えておりますからな」

十内はすこし声音《こわね》を落とした。

「先年、罷免《ひめん》された勘定奉行の荻原重秀がバラまいた元禄小判に宝字《ほうじ》銀と乾字《けんじ》金の悪評は神谷さまもご存じでしょう。……あれをそのままにしておいては天下に禍根を残します。新井白石どのは近いうち、かならず貨幣の新鋳《しんちゅう》に手をつけられるはず。おそらくは慶長金銀に近い品位の高い貨幣を鋳造し、悪貨を一掃しようとなされましょうな」

「ははあ……となると、これまで出回っていた元禄小判や宝字銀の価値はおおきく下落する」

「さよう。まず、少なくとも二割引きか、三割引きにはなりましょう」

「なるほど、つまりは、いま村正を五百両で売って小判を手にいれても、新鋳小判に変わったとたんに三、四百両ぐらいになってしまうということですな」

十内はかすかにうなずいた。

「目敏《めざと》い商人たちは手持ちの金銀を品物に換えようと目の色を変えて買い漁っておりますよ。交換比率がいくらになるかはわかりませんが、品物に換えておけば安心ですからな」

「ふうむ。千両長者などは泡を食っているわけか」

「その通りですよ。両替商の天満屋などは数万両の大金を蔵にかかえておるといいますからな。このあいだも金繰りに困っていた馬喰町《ばくろちょう》の油問屋『相模屋』を相場に百両も上乗せして、小間《こま》五百両で買い取りましたよ」

「小間が五百両とは……また」

「それでも小判を蔵に寝かせておくより得だと踏んだんでしょうな」

小間とは家屋や店を売買するときの単価で、間口一間《いっけん》を小間という。

「天満屋儀平は銭が命という男ですからな。おまけに天満屋はかねてから老中の井上《いのうえ》大和守さまに取りいっているという噂《うわさ》もありますから、そのあたりから貨幣新鋳のことを嗅ぎつけたのではありますまいか」

「政商癒着《ゆちゃく》、か……」

「さよう。いつの時代も商人は権力者と結託《けったく》しては肥え太るものですよ」

茂庭十内の双眸に苦いものがよぎった。

## 七

井関十郎太が柳原町の与平店に梶山勘六を訪ねたのは、七つ（午後四時）ごろだった。

与平店は九尺二間の棟割長屋が露地で仕切られ、ひしめきあう裏店である。家賃が四百五十文という深川でも格安の住まいで、おまけに赤子が一人産まれると家賃が月に二十五文安くなるのがきまりだった。

所帯の頭数がふえると、それだけ共同厠《かわや》の糞尿《ふんにょう》もふえるが、その糞尿は江戸近郷の百姓にとっては貴重な肥料になる。

人口のすくない地方では藁や干草の堆肥《たいひ》を肥料にするが、堆肥だけでは土は肥えないから牛糞や馬糞も使う。だが、青物の肥料としては下肥《しもごえ》とよばれる人の糞尿にまさるものはなかった。

この糞尿を大量に排出するのが、江戸という大都市だったのである。

およそ百万人の人口をかかえる江戸は、いわば下肥の製造工場だった。

日々、江戸市中で排泄される大量の糞尿は汲《く》み取り人をへて仲買人の手に渡り、問屋を経由して肥舟で関東の各地に運びだされる。

　近いところでは北の千住や王子、川口の農耕地をはじめ、南の三浦半島、西の目黒、世田谷、新宿あたりに運ばれていたが、大半は荒川、江戸川の水路を利用して東の小岩、牛久、吹上、佐倉、土浦など上総《かずさ》、下総《しもうさ》一帯の農村に輸送され、自前百姓たちに売却されていた。

　その下肥の代金は、年間二万五千両にものぼる巨額なものだった。

　この代金は仲買人から家主の手に入るから、赤子が産まれて店子の頭数がふえる分だけ家賃を安くするのが江戸の長屋の慣習になっていたが、値引きをいくらにするかは家主によってちがっていた。

　長屋の住人のなかには赤子が産まれると食い扶持がふえて所帯が苦しくなり、家賃を溜めたあげくに夜逃げする者も出てくるから、家賃の割引きはそのための防止策でもあったのだ。

　与平店では貧乏人の子沢山というわけでもあるまいが、つぎつぎに年子を産む女房もけっこういたから、家賃が三百文を切るところもあるらしい。

　十郎太が与平長屋の木戸に足を踏みいれると、井戸端で米をといだり、大根を洗っている女房たちのおしゃべりにまじって、子供たちのはしゃぐ声が渦を巻いて飛びかっていた。

　露地の十字路の角で勘六の長女のお信《のぶ》が、赤子の妹を背中におぶってあやしながら、独楽《こま》まわしや竹とんぼ、綾取《あやと》り、お手玉などの遊びに夢中になっている子供たちを眺めていたが、十郎太の顔を見るとニッコリして頭をさげた。

「ほう、お信は子守か、えらいの」

　十郎太は歩みよって懐中から小銭をつまみだし、お信の手ににぎらせた。

「これで飴でも買うといい」

「でも……」

　お信は口ごもり、頬を赤らめた。

「わけもなく人さまから物をいただいては父上に叱られます」

「わけもなくではない。お信はちゃんと妹のお守りをしているではないか。それにわしは見ず知らずの他人ではないぞ。わしからだと言えば父御も叱りはせぬよ」

「…………」

　しばらく、お信はもじもじしていたが、そこはなんといっても子供である。

　お小遣いの誘惑には勝てなかったのだろう。妹をおぶったまま、つつましく頭をさげた。

「ありがとうございます。おじさま」

ぎゅっと銭をにぎりしめたお信の手は痛々しくあかぎれしていたが、言葉遣いもハキハキとしていて折り目ただしい。

――勘六のやつ、貧《ひん》しても子供の躾《しつけ》だけはきちんとやっておるようだの。

梶山勘六は本多藩では禄高八十石で御旗組に属し、内所は豊かとまではいえなかったが、女中と下男ぐらいは雇える身分だった。

お信は、女中や下男からは「お嬢さま」と呼ばれる身だった。

それが今は九尺二間の長屋に住まい、父母が団扇張りをしても食うのがやっとというのが現状である。

人は貧すれば鈍《どん》するのが世の習いだが、士分の日常から一変して、その日暮らしの裏店住まいになっても、侍の娘らしい礼儀をわきまえているお信が、十郎太はたまらなく愛《いとお》しかった。

「う、うむ……」

十郎太は太い溜息をついて、露地の奥にある勘六の長屋に向かった。

「御免……」

ガタピシときしむ引き戸をあけて土間に足を踏みいれると、真昼でも薄暗い部屋であぐらをかいて団扇張りの内職にはげんでいた勘六が、あわてて居住まいをあらため正座した。

「これは、井関さま……」

かたわらで内職を手伝っていた女房の淑江《としえ》が汗ばんだ襟前をかきあわせ、身重の腹をかばいながら丁重に三つ指ついて挨拶すると、急いで土間におりた。

真昼だというのに薄暗く、風通しが悪い。

勘六は首にかけた手ぬぐいで汗みずくの首筋をせわしなく拭った。

毛ばだった古畳も、奥に無造作に積んである煎餅《せんべい》布団も、湿気と汗でしめっているらしく、饐《す》えた臭いがムッと鼻をついた。

お茶でもいれようとしてか、淑江が土間の隅で七輪《しちりん》に火を熾《おこ》しはじめた。

「いや、ご新造《しんぞ》、かまわんでもらいたい」

十郎太は急いで声をかけ、断った。

「そのかわり、ちと勘六どのを借りるがよいかな」

そう言って、勘六に目配せした。

# 八

　新辻橋を渡った角にある「うどんや」に勘六を誘った十郎太は、平土間に沿った小あがりの座敷にくつろいで天麩羅蕎麦《てんぷらそば》と、いまが旬《しゅん》の筍《たけのこ》の木の芽和《あ》えと酒を注文した。

　飯がわりに食うにはうどんのほうが腹もちがいいが、天麩羅との相性は蕎麦のほうがいいし、カリッと揚げた芝海老の天麩羅は酒の肴《さかな》にもあう。

　勘六はしばらくの間、口もきかずに天麩羅蕎麦を食するのに専念していた。

　団扇張りの手内職では一日働いても、せいぜい三、四百文ぐらいのものだ。

　──おまけに育ち盛りの子が二人もいれば、三十二文の天麩羅蕎麦を口にすることなどめったにないのだろう……。

　そう思うと十郎太は、軍鶏鍋などという贅沢な食い物をたらふく食ってきたことが、なにやら後ろめたくもあった。

「おい、そのぶんなら、まだいけそうだ。よかったら、わしのぶんも食ってくれぬか。わしは両国で昼を馳走になったばかりでの」

そう言って手つかずの天麩羅蕎麦の丼を勘六にすすめた。

「は……」

勘六はすこしためらったが、よほど腹が空いていたらしくゴクンと生唾《なまつば》を呑みこんだ。

「さ、食ってくれ。蕎麦がのびてしまうぞ」

「はい。では、遠慮なく……」

いそいそと箸をとって丼に手をのばした。

勘六が舌鼓をうって芝海老の天麩羅をむさぼっているあいだに十郎太は懐中から巾着《きんちゃく》を出すと、小判十両を懐紙に包んで勘六の膝前におしやった。

「ちと早いが、出産祝いだと思ってくれ」

「は……」

梶山勘六は差し出された紙包みのなかの小判を見つめて息を呑んだ。

「井関さま、これは……」

「よいから取っておけ。これだけあれば当分は生計《たつき》に困ることはあるまい」

「ですが、このような大金……」

「なに、鍔を売った金子だよ。さるおひとがな、わしの刀の鍔を十五両で買ってくださったのだ」

「………」

とっさにはどういうことか呑みこめないらしく、勘六は目をしばたいた。

十郎太は茂庭十内から代わりにもらった鉄の鍔をしめし、いきさつを勘六に話した。

勘六は十郎太の差し料が勢州村正の作刀だと聞かされ、驚嘆したが、さらに鍔だけで十五両にもなったと聞いて目を瞠った。

「鍔だけで、十五両ですか……」

「うむ。わしも魂消《たまげ》たわ。代わりにもらったのが、この鍔だが、すこぶる頑丈にできておる。なに、鍔などこれで充分じゃ」

十郎太は頑丈なだけが取り柄のような鉄の鍔を勘六にしめし、満足そうにうなずいた。

「それに、ここには明鏡止水と刻んである。なんと、いまのわしにはふさわしい鍔ではないか」

「井関さま……」

勘六は膝を両手で鷲づかみして肩をふるわせた。

「ご新造は、いまが大事の躰だ。内職で無理をさせては腹の子にさしさわらんともかぎらん。その金でせいぜいうまいものでも馳走してさしあげることだ」

「は、はい……」

勘六はくしゅんと洟《はな》をすすりあげた。

「いつも、お気にかけていただき、なんとお礼を申しあげてよいやら……」

「大仰《おおぎょう》なことを言うな。だいたい、わしはともかくとして、おまえは新藩に残っておればよかったのだ。さすれば元の八十石のままというわけにはいかなくても、三十石か二十石ぐらいの扶持はもらえたであろう」

「いえ、とんでもありませぬ」

勘六はきっぱりと打ち消した。

「牢人のそれがしを本多家に推挙してくだされたは井関さまのお父上でございました。その大恩あるお方が腹を召されたというのに、わたしがおめおめと新藩に止まるわけにはまいりませぬ」

「う、うむ……」

勘六の頑固なまでの律義さに、十郎太はいささか気おされて口ごもった。

梶山勘六はもともと本多家譜代の家臣ではなかった。

掛川三万五千石の領主・井伊《いい》直朝《なおとも》の小姓頭として仕えていたが、宝永二年、直朝が参勤の期日がすぎても病いと称して江戸に出府しなかったため、幕府の咎《とが》めをうけ改易されてしまった。

その後、本家の近江彦根藩の肝煎りで直朝に養子を迎えさせ、越後与板《よいた》二万石をあたえられたが、小姓頭として直朝の側近くに仕えていた勘六は責めを負って禄を返上し、牢人したのである。

十郎太の父は無外流の剣客辻月丹《つじげったん》が、勘六の剣を高く評価していることを耳にして、本多家に仕官の労をとったのだ。

勘六が十郎太の父に大恩があるといったのは、そのことである。

「おまえの気持ちはようわかっている」

十郎太は深ぶかとうなずいた。

「だからこそ、おまえが苦労しておるのを見過ごす気にはなれんのだ」

「禄を返上したのは、なにも、それがしだけではありませぬ」

「むろん、父上への義理だてから禄を返上し脱藩した者はほかにもいる。馬廻《うままわ》り組の神原杏助《かんばらきょうすけ》、勘定組の牧村与平治《まきむらよへいじ》……それに徒士目付《かちめつけ》の笹倉新八《ささくらしんぱち》もそうだ」

十郎太は呻《うめ》くような声でつぶやいた。

「神原にも、牧村にも、笹倉にも申しわけないと思っておる」

「そのようなお気遣いは無用になされませ。神原さまも、牧村どの、笹倉どのも、それがしとおなじく牢人なさっておられたところを、亡き頼母さまのお口添えで本多藩に召し抱えられた方ばかりゆえ、いわば武士の一分《いちぶん》をたてられたのでございましょう。井関さまがお気にかけられることはございませぬ」

勘六は屈託のない笑顔を向けた。

「ま、そう言ってくれると気は楽になるが……」

十郎太はホロ苦い目になった。

義理だてはするほうも辛いが、されるほうも気が重い。

神原杏助は二百石取りの馬廻り組だったから、多少の蓄えもあったろうが、牧村与平治は六十石、笹倉新八は五十石と勘六よりも小禄だった。

ただ、牧村と笹倉は親にも死別し、妻子もいない独り身で、勘六よりも身軽なだけに救われている。

三人とも江戸に出てきているから月に何度かは顔をあわせる。

神原杏助は妻の裁縫と手習いの塾で生計をたて、牧村与平治は得意の算盤を生かして口入れ屋の帳場をまかされているし、笹倉新八はひょんなことから篠山検《しのやまけん》校《ぎよう》という盲人の金貸しの屋敷に住み込みの用心棒におさまっていた。

目下のところ暮らしに追われているのは梶山勘六だけだった。

「ところで、勘六……」

十郎太は筍の木の芽和えに箸をのばしながら、

「このあいだの牧村の話だが、な……」

ためらいがちに切り出した。

数日前、牧村与平治がひさしぶりに勘六と連れだって開運寺の十郎太を訪れ、耳よりな話があると切りだしたのである。

与平治が帳場をあずかっている口入れ屋は「甲州屋《こうしゆうや》」といって、主人の徳兵衛《とくべえ》は西国大名の下屋敷で中間頭《ちゆうげんがしら》をしていたとき、中間部屋で賭場を仕切るかたわら客に元手を貸しつけ、蓄えた金で浅草の西仲町で口入屋《くにゆうや》をはじめた。

口入屋は金を貸したい者と借りたい者のあいだに入って口利きをするのが本業だが、表看板は人入れ稼業である。

あちこちの大名屋敷の留守居役や商人から頼まれて女中、下男、中間などを紹介し、口利き料を取り、ときには妾奉公《めかけ》の仲介もする。

徳兵衛が送りこんだ奉公人や妾から藩邸や商人の内情を聞きだせるから、それなども商売のタネになる。

大名や商人が内密に大金を借りたがっているときは相手次第で札差しや両替商などの金融業者を紹介し、たんまりと口利き料を稼ぐ。中間頭をしていただけに大名屋敷にも顔がきくし、そこそこの無理も聞いてもらえる。

牧村与平治が本多藩を致仕した牢人であることを知っていた徳兵衛が、剣の腕がたつ仲間がいれば取り立ててもいいという藩があるが心当たりの者はいないかともちかけられたのだ。

むろん、それなりに藩の要路に渡す金がいる。二十両なら十石二人扶持、五十両なら三十石取りの士分に取り立ててくれるらしいという。

俗にサンピンとよばれ町人からも軽んじられる最下級の武士は年俸が三両一人扶持で、十石二人扶持はそれにちょっぴり毛が生えたようなものだが、それでもきまった年収があればなんとか食ってはいける。すくなくとも明日をも知れぬ長屋暮らしの牢人よりはましだろう。

「おまえは、どう思う……」

「さて……どう思うと申されましても、二十両などという大金を造れるはずもございませぬゆえ」

勘六は口重く、かすかに溜息をもらした。

二人の子に身重の妻をかかえた勘六にとっては、たとえ十石二人扶持の軽輩でも飛びつきたい心情にちがいない。

「なに、金のことなら心配はいらぬよ」

十郎太はおおきくうなずくと、かたわらの差し料に手をかけた。

「これを売れば、すくなくとも三百両にはなるそうな」

勘六はビクリと顔をあげ、滅相《めっそう》もないといわんばかりにかぶりを振った。

「なにを申されます。それは井関さまにとっては家宝の……」

「そんな斟酌《しんしゃく》は無用だ、勘六。……刀などというものは所詮は道具にすぎぬ。腰の差し料にするだけの刀なら三両か五両も出せばそこそこの物が買えよう。この泰平のご時世に、やれ正宗だの、村正だのと古刀に目の色を変えるのは道具好きの大身旗本か、大名ぐらいのものであろうよ」

こともなげに十郎太は言い放った。

「いうなれば刀も、いまや茶道具のようなものだ」

「は、はぁ……」

「わしはな、勘六ほどの侍が汗みずくになって団扇張りをしているのを見るに忍びんのだ」

十郎太の声が沈痛なひびきを帯びた。

「牧村の口ぶりでは二十両出せば十石二人扶持。五十両も出せば三十石取りの仕官の口があるということだった。……十石二人扶持といえば若党に毛が生えたような軽輩だが、三十石取りとなれば曲がりなりにも士分に入る。団扇張りをして一生を送るよりはましだと思うが、どうだ」

「三十石取り……」

勘六はゴクリと唾を飲みこむと、目を見ひらいた。

「それは、もう……」

「異存はないか」

「は、はい。ですが……」

おずおずとうなずいた勘六を見て、十郎太はおおきくうなずき、ポンと両手をたたいた。

「よし、きまった。牧村の話がまともな筋とわかれば、きさまだけではなく神原や笹倉、それに牧村と、わしもひっくるめて五人そろって仕官できるよう働きかけてみよう」

「え……」

「どうせ、どこぞの藩の上役に袖の下を使ってという話だろうが、五十両で三十石取りの士分に取り立てられるとあれば、五人で二百五十両あればすむということではないか、ん？」

「ですが、井関さま……」

勘六はゴクリと唾を呑みこむと、気がかりなようすで継ぎはぎのあたった膝頭を押しすすめ、声をひそめた。

「あの話、どこまで信じてよいものかわかりませせぬぞ」

「う、うむ。いや、むろんのこと牧村の話をそのまま鵜呑《うの》みにしているわけではないが……」

十郎太は痛いところを突かれたように語尾を濁した。

「なれどな、勘六。いまは万事が銭金の世の中、幕府の要職も袖の下でどうとでもなるらしい。ならば仕官の口も金次第というのも、あながち絵空事とは言い切れまいが」

「は、それは、たしかに……」

「なあ、勘六。この差し料一振りを手放すだけで何人もの仲間が仕官できるとあれば、こんな結構なことはなかろうが」

十郎太は脇に置いた黒鞘の大刀を鷲づかみにすると、カラリとした屈託のない声で笑った。

# 第四章　闇 討 ち

## 一

酔いに火《ほ》照《て》った夜風がひんやりと心地よく頬をなぶる。

半月が竪川の川面をにぶく照らしていた。

井関十郎太は四ツ目橋の手前から茅場町《かやばちょう》三丁目の角を曲がり、柳島村のほうに向かっていた。

勘六と別れたあと、ふと笹倉新八を訪ねてみようと思いたって柳原の酒屋で一升徳利の酒を土産に買いもとめてきた。

笹倉新八は柳島村の篠山検校の屋敷に用心棒として住みこんでいる。

篠山検校は座頭から身を起こし、盲人としては最高位の検校にのぼりつめたが実態は金貸しである。

むろんのこと人に恨みを買う稼業でもあるが、それよりも検校の蔵には何千両という大金が眠っている。それを狙っての押し込み強盗が襲ってくるかも知れない。そのため笹倉新八を雇ったのだ。

腕のたつ二本差しが住み込んでいるとわかれば強盗も手控えるだろうというのが篠山検校の腹づもりなのだろう。

笹倉新八の月の手当ては三両、相場より高めだが、それで押し込みの防御になれば篠山検校も枕を高くして安眠できるというものだ。

笹倉新八はまだ二十八歳だが、念流《ねんりゅう》の免許取りという遣い手でもある。

出世したいという権力志向もなく金銭にも恬淡《てんたん》としているが、女色に溺れやすいタチらしく、本多家に召し抱えられてからも、城下の居酒屋の酌取り女や、町家の後家ともいい仲になり、謹慎を命じられたことがある。

女にはだらしがないが、竹を割ったような気性で、些細《ささい》なことにはこだわらない男である。そんな新八の気性が気にいって十郎太とはウマがあい、いまや肝胆相照らす仲だった。

勘六とちがい、当面食うに困るようなことはないが、いつまでも金貸しの用心棒にしておくには惜しい男だ。

――さて、牧村の話、新八はどう思うかな……。

禄高に不満をいうような男ではないが、賄賂《わいろ》を使っての仕官となると、臍《へそ》を曲げかねない男である。

そんなことを考えながら、暗い夜道をたどっていると彼方に法恩寺の大屋根が夜空に黒ぐろと聳《そび》えているのが見えた。

このあたりは大名家の下屋敷や御徒方《おかちがた》の組屋敷があるくらいのもので町家はなく、田畑のなかにぽつりぽつりと百姓家の藁《わら》屋根が月明かりに黒ぐろと見える。

法恩寺の鐘が五つ（八時）を打つのが聞こえた。

人を訪《おと》なうには遅い時刻だが、新八は検校の屋敷の離れをあてがわれているから遠慮は不要だった。

――ひとつ、今夜は新八と飲みあかすのも悪くないな……。

そんなことを考えながら夜道をたどっていると、ふと背後からひたひたと後を尾《つ》けてくる跫音《あしおと》に気づいた。

跫音は一人や二人ではない。すくなくとも五人はいる。

しかも、足の運びは町人のものではない。

二本差しの侍、それも相当に剣の心得があるやつだ。

深川にごろごろいる食いつめ牢人が、懐中を狙っての斬り盗り強盗か……。

一瞬、そう思ったが、

――いや、そうではあるまい。

十郎太の身なりを見れば、だれの目にも尾羽打ち枯らした牢人とわかる。

それに一人や二人ならともかく、数人の二本差しが懐中物目当てに襲うなどということはありえない。

――ならば、腕試しの辻斬りか、遺恨……。

遺恨を受ける覚えはないが、いずれにせよ厄介なことになった。

十郎太は苦い目になった。

降りかかる火の粉は払うしかないが、いま、この江戸で刃傷沙汰《にんじょうざた》を起こすことは避けたい。

人を斬れば牧村がもたらした話もご破算になるだろう。そればかりか世話になっている開運寺の叔父にも迷惑をかけることになる。

逃げようにも左右は人気のない大根畑と青い穂をつけた麦畑だ。

ふいに跫音がひたひたと迫ってきた。

――やむをえぬ。

十郎太は刀の鯉口《こいぐち》を切りつつ、ふりむいた。

三間幅の狭い夜道を数人の侍が一団になって突進してくる。

先頭の二人はすでに刃《やいば》を抜いている。

「それがしは井関十郎太。遺恨をうける覚えはない。人違いではないか」

念のため、誰何《すいか》したが、先頭の二人はためらうことなく白刃をかざして殺到してきた。

頭数は五人。一人は山岡頭巾《やまおかずきん》をしていたが、ほかの四人は覆面もせず、顔を剥《む》きだしにしている。

頭巾の侍が一団の頭株らしく、その侍をかばうように一廉《ひとかど》の剣客らしい武士が一人と、頭巾の若党らしい侍が側に張りついていた。

三間幅の隘路《あいろ》では五人が総がかりになるわけにはいかない。

先頭の二人が道幅いっぱいに左右に分かれ、刀を青眼にかまえた。

相当に道場で鍛えたとみえ、形はさまになっているが、顔から血の気がひいて蒼白になっている。

釣りあがった目尻がヒクッヒクッと痙攣し、歯茎を剥きだし、掠《かす》れ声でわめきたてた。

「ええい！　抜けっ、ぬかんか」

「おのれ！　たたっきってくれる」

言うことは勇ましいが、腰は後ろに引け、突きだした切っ先が定まらず上下に微動している。誘いの剣ではなく、恐怖からくる微動と見た。恐らく真剣を抜いて斬りあったことはなく、人はむろん、生き物を斬ったこともないのだろう。

「おい。そんな屁っぴり腰では人など斬れんぞ」

拍子ぬけがして十郎太は苦笑した。

十郎太は越後から江戸に出てくる途次、峠で山賊まがいの牢人の群れに襲われ、やむなく斬りあった。千住の宿場では懐中物めあての破落戸《ごろつき》にからまれ斬り捨てたこともある。

はじめて人を斬ったときは、緊張が弛緩した直後、しばらくは胴ぶるいが止まらなかった。

相手が蛆虫《うじむし》も同然の破落戸とはいえ、しばらくは反吐《へど》がでそうな嫌悪感が澱《おり》のように残ったのを覚えている。

「だれに頼まれたか知らんが、怪我をせぬうちにやめておかぬか」

「な、なにぃ」

揶揄《やゆ》されたと思ったのか、左側にいた一人が遮二無二《しゃにむに》、刀をふりかざし斬りつけてきた。十郎太は無造作に手元に踏みこむと、腕に手刀をたたきつけた。

「うっ……」

呻《うめ》いて刀をポロリと落としかけるのを奪いとりざま峰を返し、右側の男の首根を一撃した。声もあげずに路上に悶絶した男には見向きもせず、十郎太は剣客らしい侍に切っ先を向けつつ、背後の山岡頭巾に呼びかけた。

「そこの頭巾の隣にへばりついている若者の顔に見覚えがある。昼間の広小路でのいざこざを根にもっての意趣返しらしいが、つまらんことはよさぬか。無用の斬りあいは避けたい。由緒ある旗本の子息とお見受けするが、辻斬りまがいの真似をなされては家柄にも傷がつきますぞ」

「な、ないっ……」

虚をつかれ、頭巾の武士は狼狽した。

「た、高山《たかやま》先生！　は、はやく、こやつを……」

憤怒と恐怖につきあげられ、呂律《ろれつ》がもつれた声でわめいた。

高山という剣客は腕に自信があるらしく、それまで刀を抜こうともしなかったが、頭巾に急《せ》き立てられ、ようやく刀の柄《つか》に手をかけると、ずいと前に足を踏みだした。

「おぬし、並みの素牢人ではないと思っていたが、なかなか遣うな」

腰をひねりざま刀を抜いて右八双に構えた。

「梶派一刀流、高山左源太《さげんた》じゃ。門弟を手もなくあしらわれては、このまま引きさがるわけにもいかぬ」

――これは……。

十郎太の背筋に悪寒が走った。

素早く草履《ぞうり》を脱ぎ捨て、足袋跣足《たびはだし》になった。

高山左源太の八双の構えには圧倒するような威圧感がみなぎっている。しかも、肩に無駄なちからは微塵《みじん》も感じられなかった。胸板は厚いが、剣客にありがちな怒り肩ではない。むしろ撫で肩であった。撫で肩のほうが剣士には向いていると聞いたことがある。

おそらく高山左源太は生まれつき剣士の才にめぐまれているのだろう。柄を握った手首もゆったりしていて、余裕さえ感じさせる。

――並みの剣士ではない。

これまで立ち向かったことがない強敵だと十郎太は直感し、戦慄した。

しかも十郎太が手にしている刀は敵の一人から奪いとったものである。持ちなれた差し料とはちがい、刀身も華奢《きやしや》だった。

――しまった……。

一瞬、悔いが胸中を掠めた途端、その動揺をみてとったかのように左源太の爪先が容赦なく間合いに踏みこんできた。上段から刃唸《はうな》りがするような剣が十郎太の左肩口に噛みついてきた。咄嗟《とつさ》に十郎太は腰をひねり、剣で撥ねあげた。鋼《はがね》と鋼がぶつかってガチッと火花が散り、腕が痺《しび》れた瞬間、手にした刀が鍔元からポキリと折れた。

左源太の剣先が左腕を掠めたらしく劇痛が走ったが、そのまま十郎太は折れた刀を柄もろとも左源太に向かって投げつけると、腰を落とした低い姿勢から村正を引き抜き、斜め下段から斬りあげた。右手一本の片手殴りの一撃だったが、切っ先が左源太の顔を斜めに掠めた。

「お、おのれ……」

左源太がカッと双眸《そうぼう》を見開き、体勢を立て直そうとしたが、噴血が顔を染め、血潮が目に入る。

それでも左源太は刀を構え、よろめきながら立ち向かおうとした。

「た、高山先生!?……」

若党が左源太のそばに駆けより、抱えようとする。

「かまうな!」

左源太は一喝して、悪鬼の形相で踏みこもうとしたが、視界が定まらず、足元がふらついた。

十郎太は刀を鞘《さや》に収めて声をかけた。

「刀を引かれよ。おたがい、望んだ斬りあいではあるまい。傷の手当てをなされたがよかろう」

そう言うと、ゆっくりと踵《きびす》を返した。

そのときになって、やっと左腕の袖がザックリと切り裂かれ、噴きだした血が手首に流れ落ちているのに気づいた。

十郎太の刀が折れたとき、高山左源太は勝ちを確信したにちがいない。

止《とど》めの一撃をくわえようとした瞬間、十郎太が折れた刀を投げつけ、左源太が身を躱《かわ》そうとした。

――あの一瞬で、救われたようなものだ……。

勝者も敗者もない、無益な斬りあいだった。

やり場のない空しさだけが、井関十郎太の胸中に重い澱《おり》のように残った。

遠くで犬の遠吠えが物悲しく聞こえてきた。

鉛のように重い足をひきずりながら、十郎太は灯りも人気《ひとけ》も見えない夜道を柳島村にむかってたどっていった。

二

その日、神谷平蔵が神田新石町の弥左衛門店《やざえもんだな》に帰宅したのは五つ半（午後九時）をすぎたころだった。

両国広小路の料理茶屋「味楽」で茂庭十内が心づくしの軍鶏鍋を堪能したあと、伝八郎に誘われるまま小網町の道場に顔を出したら、めずらしく土橋精一郎《どばしせいいちろう》が稽古に来ていた。

精一郎は磐根藩士だが、この道場の高弟のひとりでもある。

かつては若殿の近習《きんじゅう》だったが、今年から藩主の小姓組に抜擢され、左京大夫宗明《さきょうのだいぶむねあき》の江戸出府に随行してきたということだった。

むろんのこと側用人の桑山佐十郎も出府してきたが、御用繁多で当分は会えそうもない。よろしく伝えておいてくれということだった。

　磐根は平蔵にとって忘れられない土地でもあり、小網町の道場は藩邸への出稽古をはじめ、磐根藩の手厚い庇護があるからこそ存続しているようなものだ。

「ここはひとつ、久闊《きゆうかつ》を叙《じよ》して一献《いっこん》酌みかわさずばなるまいな」

　こういうときには抜け目がない伝八郎がもちかけ、道場近くの居酒屋に精一郎を誘って、ついつい遅くなってしまったのだ。

　平蔵は酒には強いほうだが、さすがに昼からぶっとおしの酒で足元がふわりふわりと浮いているようだった。

「せんせい、いい、ご機嫌ですね」

　町木戸番の親爺《おやじ》の声を背中でうけながし、長屋の露地に足を踏みいれた。

　朝が早い長屋はどこも寝静まって灯りひとつ見えなかったが、平蔵が借りている棟割長屋から淡い灯影がもれていた。

「うむ……」

　まさか、こんな時刻に客でもあるまいと小首をかしげた。

　表の看板の掛け釘にぶらさげてある「休診」の瓢簞《ひようたん》をはずし、ガラリの引き戸をあけたが、土間の柱の懸け行灯《あんどん》がほのかな火影《ほかげ》を投げかけているだけで人の気配はなかった。

ただ、流しに出しっぱなしだった土鍋や茶碗はきれいに洗ってある。敷きっぱなしの布団はきちんと畳まれていたし、干しっぱなしにしてあった洗濯物もとりこまれ、下帯《したおび》、足袋《たび》、白衣と分類されている。

――ははぁ……。

さては市助《いちすけ》か、もよの仕業だな、と思った。

市助は本家の下男で、もよは下女である。留守に来て、こんなお節介を焼いていくような人間はほかにいない。

そういえば土間も部屋も、塵《ちり》ひとつないし、破れっぱなしだった障子の穴も紅葉《もみじ》形に切りぬいた障子紙でふさいである。こんな、こまやかな芸当は市助には無理だろう。となると、もよということになる。

おおかた嫂《あね》の幾乃《いくの》の差し金だろう。

このところ、駿河台の本家にはとんとご無沙汰だった。

嫂は早くに親と死別した平蔵にとっては母親がわりのような存在である。

たまには顔を出せという暗黙の催促かと苦笑した。

腰の物をはずし、上がり框《かまち》に置き、竈《へっつい》の脇の甕《かめ》から酔いざましの水を柄杓《ひしゃく》で汲んで喉を鳴らして飲んでいると、草履を踏む跫音《あしおと》がしめやかに露地に聞こえ、引き戸がギクシャクときしんであいた。

「お……」

平蔵は息をつめ、目の前に棒立ちになっている女の顔を凝視した。

女は藍微塵《あいみじん》の単衣物《ひとえもの》に茜色《あかねいろ》の帯をきりっとしめ、両手に一升買い用の米袋を抱えていた。

「文乃《あやの》……」

平蔵はほとんどうめくような声で呼びかけた。

「おひさしゅうございます」

文乃は急いで上がり框に米袋を置くと、つつましく腰を折った。

「う、うむ……」

「明日の朝、炊《かし》ぐお米が切れておりましたので買いもとめてまいりましたの」

「そ、そうか……米を、な」

つられてうなずいて、平蔵はとまどった。

——これでは、まるで夫婦の会話ではないか……。

とはいうもの、違和感はなかった。

なんといっても平蔵と文乃は短いあいだにせよ、この屋根の下で共に暮らした仲である。米櫃《こめびつ》に米が切れたから買いにいったというのも、きわめて自然な日常茶飯事だった。

事態が一変したのは、ふたりが夫婦の契《ちぎ》りをかわした矢先のことだった。

磐根藩士だった文乃の兄が急死し、跡を継ぐべき子がいなかったことから、家系を絶やさぬために文乃が婿《むこ》をとらなければならなくなった。

不本意ながらも、断腸の思いでたがいの未練を断ち切り、文乃は故郷の磐根にもどっていったのである。

つまり、いまの文乃は磐根藩士波多野《はたの》家の跡を継いだ女性である。

その文乃が夜更けに独り者の長屋を訪れ、おまけに米の一升を買いにいくというのは藩邸への手前も具合悪かろう。そう思った。

だが、そんな平蔵の危惧《きぐ》をよそに文乃は当然のことのように流しに足を運び、米袋から、三合の米を枡《ます》で計って釜に入れると、甕から水を汲んで手際よくサクサクと研ぎはじめた。

「そうそ、国元からフキノトウと大根の味噌漬けをもってまいりましたの。朝餉《あさげ》の菜になさってくださいまし」

「ほう、それはうまかろう……」

フキノトウの味噌漬けは平蔵の好物である。

忘れずにいてくれたか、と平蔵は思わず頬をゆるめたが、一方ではなんとも狐に鼻をつままれたような気分だった。

「そなた……どうして、また江戸に」

文乃は米を研ぎながら、肩越しに笑顔をふり向けた。

「七日前に桑山さまのお供をして出て参りましたの。すぐにも、お目にかかりたかったのですけれど、なにやかやと忙しくて……」

「と、いうと、藩邸の佐十郎の役宅に……」

桑山佐十郎は平蔵の親友でもあるが、藩主の側用人という要職にある。

佐十郎の姪《めい》でもある文乃は、かつては佐十郎の役宅で身のまわりの世話と奥向きの仕切りをまかされていたのだ。

「はい。桑山さまから頼まれまして、また身のまわりのお世話をさせていただくことになりました」

「ふうむ、それは……」

婿を迎えて波多野家を継ぐ話はいったいどうなったのだ、と咽《のど》まで出かかった疑問をグッと呑みこんだ。

話のようすでは文乃は、いまだに独り身らしいが、それなりに子細があるのだろう。よけいな詮索をすることはあるまいと思い直した。

「今日、やっと外出《そとで》の許しをいただきましたので、阿波屋《あわや》さんにご挨拶をしてから、まっすぐ、ここに……」

米を研ぎおわり、濡れた手を布巾で拭いつつ、文乃はようやく向き直った。

「そうか、絹《きぬ》どのがところ、か」

本銀町《ほんしろがねちょう》の藍玉《あいだま》問屋「阿波屋」の内儀の絹は、文乃の従妹《いとこ》で平蔵も何度か会ったことがある。気さくな女で、文乃とは姉妹のように親しい仲だった。

「わたくし、すこし太りましたでしょう」

ふいに突拍子もないことを口にされ、平蔵は呆気にとられた。

「ん……」

言われてみると、たしかに帯をしめた腰まわりに厚みがついたようにも見えるが、それは肥えたというよりも、むしろ文乃が女の充実期を迎えようとしているような気がした。

「い、いや、すこしも変わってはおらぬが」

「ま……」

文乃は口元に袖をあてクスッと笑った。

「お隠しにならなくともよろしいのですよ。帯をしめると自分でもよくわかりますもの」

躰をひねって腰のあたりに手をあてた。

「ほら、こんなに肥えてしまって……」

「ん？……」

「もう、そんなにしげしげと見ないでくださいまし」

ちょっと首をかしげ、睨《にら》んでみせた目に、かつて情をかわしあった女の隠しきれない甘えが潜んでいた。

それをどう受けとめてよいものか、戸惑っていると、文乃は懐かしげに平蔵を見返した。

「平蔵さまこそ、すこしもお変わりなく……」

「ん、うむ。相変わらずの、その日暮らしだがの」

「ほんと……なにもかも、お別れしたころのまんま」

しみじみと土間の流しから奥の六畳間を目でたしかめ、文乃はつぶやいた。

「あのころは、ほんとに幸せでございました」

心に滲《し》みいるような声だった。

あのころは、というと、いまは不幸せのように聞こえる。

「帰りは送っていくゆえ、とにかくあがらぬか。国元の話など聞きたい」

「は、はい。……あ、その前に濯《すす》ぎをおもちしなくては……」

そう言って、文乃は急いで小盥《こだらい》に水を汲んでくると、上がり框の前に置き、その前にしゃがみこんだ。

「さ、おかけくださいまし」

うながされるまま平蔵は素直に上がり框に腰をおろした。

文乃は無造作に袖口を二の腕までたくしあげると、いそいそした素振りで平蔵の足首をつかみ、足袋をぬがせ、足を洗いはじめた。

それは、ともに暮らしていたころと、すこしも変わらぬ挙措《きよそ》だった。

しゃがんだ文乃の腰の曲線が、袖をたくしあげた二の腕の白さが、否応なしに平蔵の目を奪う。うつむいた襟足からのぞいている白いうなじが、なんとも艶《あで》やかだった。

藍微塵の単衣《ひとえ》につつまれた文乃の女体を平蔵は隈《くま》なく知りつくしている。そのころの記憶が鮮やかによみがえり、ひさしく女体から遠ざかっている平蔵の血を騒がせた。勃然《ぼつぜん》と目覚めた煩悩《ぼんのう》の焔《ほむら》が鋭く胸をつきあげる。

平蔵はふいに息苦しさを覚えたが、文乃は無心に平蔵の足指のひとつひとつを手にとり、いとおしむように丹念に洗いつづけた。

「ずいぶんと汚れていますこと……」

文乃はそれが楽しいことでもあるかのようにクスッと笑い、顔をふり仰いでなじるような目になった。

「毎日、ちゃんとお風呂を使っておいでなのですか」

「い、いや……二日に一度、いや三日に一度ぐらいかの」

「ま、それはいけませぬ。お医者さまなのですから身綺麗になさらないと世間の評判にもさしさわりますよ」

「ん、うん……」

「お部屋もずいぶん埃《ほこり》がたまっておりましたよ」

「たしか、一昨日、ざっと掃いたつもりだが……」

「どうだか怪しいこと……」

まるで世話女房のようなことを言う、と平蔵は苦笑した。

文乃は手ぬぐいで平蔵の足を丹念に拭い、たくしあげた袖をおろした。

「さ、もうよろしゅうございますよ」

そう言って、文乃が腰を浮かせたときである。

いきなり戸障子の外で遠慮がちに訪《おと》なう男の声がした。

「夜分、まことにもうしわけないが、こちらはお医師の神谷平蔵どのがお宅ではござらぬか」

武家の声らしいが、なにやらあたりを憚《はばか》るような低い声音《こわね》だった。

「いかにも、神谷はそれがしだが……」

いわくのありそうな客らしい。

平蔵は用心して文乃を庇《かば》うように土間におり立つと、草履をつっかけた。

「どちらから参られた」

「井関十郎太をご存じですな。元越後村上藩士だった井関十郎太でござる。昼間、貴殿と歓談したともうしておるが」

「おお、あの御仁《ごじん》か……」

平蔵が戸障子を引きあけると、軒下に身を寄せていた牢人者が折り目ただしく辞儀をした。

「それがしは井関とともに本多家に仕えていた笹倉新八ともうす者にござる」

笹倉新八はよほど急いで来たらしく額が汗ばんでいた。

武骨な井関十郎太とはちがい、目鼻のきりっとした好男子だった。

「井関どのに何か……」

「いかにも……」

笹倉新八は土間にたたずんでいる文乃に目を走らせ、声をひそめた。

「何者かに襲われ、手傷を負わされました」

「なんと……で、傷の具合は」

「左腕を掠られましたが、命に別条はござらん。近くに医者もおりますが、井関も相手に手傷を負わせましたゆえ、表沙汰にしたくはないともうし、できれば神谷どのに治療していただけまいかと」

「承知つかまつった。で、井関どのは、いま何処に」

「柳島の拙宅におります。ちと遠いが、ご足労いただけますか」

「柳島から駆けてまいられたのか、それはまた遠方ですな」

「いや、なに、手前の雇い主が日頃使っておる猪牙舟《ちょきぶね》で日本橋まで一気にまいりましたゆえ、造作もございませなんだ」

「おお、それなら……」

日本橋から神田までは十八丁、駆けても四半刻とはかかるまい。

「ともあれ支度してまいる間に、ひと息つかれたがよかろう」

「かたじけない」

笹倉新八ははじめてホッとしたように笑顔を見せ、文乃が柄杓に汲んでさしだした水を咽を鳴らし、むさぼるように飲みほした。

そのあいだに三畳の薬棚から手早く刀創の手当てに使う薬剤をえらび薬箱にいれ、身支度をととのえた。

「平蔵さま」

文乃が脇差しをさしだし振り仰ぐと無言のまま、ひしと縋《すが》りついてきた。

「遅くなるやも知れぬ。阿波屋にもどるなら町駕籠《まちかご》を頼め」

「わたくしのことはお気になされますな」

文乃は気丈にほほえみかえした。

# 三

笹倉新八が待たせておいた猪牙舟は日本橋川をすべるように漕ぎくだると、霊岸島の手前で箱崎橋をくぐり、隅田川に出て両国橋の下手で竪川に入った。

そこから先は網の目に張りめぐらされた運河をたどっていくだけで舟宿のある南本所出村町にわけもなく行き着く。

笹倉新八が雇われている篠山検校の屋敷は柳島村の一角にあり、鬱蒼とした森を取りこんだ広大なものだった。

検校は盲人の最高位で、町奉行も手が出せない権威をもっている。

屋敷はその威厳をしめすかのように白く塗られた土塀に囲われ、笹倉新八の住まいは母屋《おもや》と渡り廊下でつながった離れをあてがわれていた。

内厠《うちかわや》がついていて、六畳の寝室と、庭に面した八畳の居間が新八の居室で、平蔵の長屋より格段にりっぱな造りである。しかも裏木戸から近く、母屋を通らなくても行けるようになっていた。

井関十郎太は奥の六畳間で大の字になり、手傷を負った左腕を油紙の上に投げだしていた。左の上腕部の傷に巻きつけた晒《さら》しの布が血で赤く染まっている。

額に薄汗を滲《にじ》ませながら眠っている十郎太のかたわらに三十前後の女が付き添っていたが、新八が平蔵をともなって入っていくと膝をよじって部屋の隅に身をうつした。

「厄介をかけたな」

「いいえ、このようなときは相身互い身ですもの」

女は着物の膝に手をおいて、つつましくほほえんだ。

この屋敷の女中だろうが、高麗納戸《こうらいなんど》の単衣物、藍色の帯に帯締めの茜色がなんとも粋だった。

「井関どの。神谷氏をお連れしたぞ」

新八が枕元に座って声をかけると十郎太は「ん……」と細く目をあけ「お、これは……」と右肘《ひじ》で躰をささえ起き直ろうとした。

「そのまま、そのまま……動くと傷にさわりますぞ」

平蔵は制止しておいて血染めの布を手際よくほどき、傷口をあらためた。

傷は二寸余だが、肉が熟れた柘榴《ざくろ》のようにパックリと口をあけている。

滲みだしてくる血が肘から手首を伝い、ポタポタと油紙の上にしたたり落ちて血溜まりができてくる。

「焼酎があれば欲しいが……」

平蔵が声をかけると、女がすぐさま腰をあげた。

「いま、お持ちいたします。ほかに何か、ご入り用のものは……」

「できれば晒しの布と、油紙をたっぷり頼みたい」

「かしこまりました」

白足袋の足をツツとすべらせるように運んで部屋を出ていった。

女は出ていくとき、チラッと笹倉新八に目を走らせた。

「あれはおよねともうす上女中で、それがしの世話係になっておりますゆえ、こういうときはおおいに助かります」

新八が妙に言い訳がましく弁明し、照れたように顎をつるりと撫でた。

井関十郎太が首をもたげて目をしばたいた。

「神谷どの。今日、お目にかかったばかりにもかかわらず、ご足労をお願いしてもうしわけござらぬ」

「なんの、お気遣いは無用になされ。笹倉どのから聞いたところによると、闇討ちをしかけてきた相手は両国の広小路で悶着を起こした武家だったとか」

「さよう……」

十郎太はホロ苦い目になった。

「それがしが斬りおうたのは町道場主らしい剣客とその門弟たちでしたが、首謀者は広小路で言いがかりをつけてきた旗本の御曹子らしい武家とみました」

「井関どのに手傷を負わせた刺客は高山左源太と名乗ったそうですな」

「はい。たしか流派は梶派一刀流ともうしておりました」

「そこまでわかっているなら、その高山左源太とやらをたぐれば首謀者が何者かは、すぐにも知れましょう。日頃、懇意にしている八丁堀同心もおりますゆえ」

「いや、その儀はかまえてご無用にしていただきたい」

「ほう。闇討ちをしかけた曲者《くせもの》をほうっておかれるおつもりか」

「それがし、いまは事情あって厄介事にかかわりとうはござらぬ」

十郎太は沈痛な面持ちでうなずいた。

「それゆえ、町医者を呼んでは面倒と思案していたところ、神谷どのが神田新石町の弥左衛門店で医師をなされているともうされたことを思いだしましてな。夜分、もうしわけないとは存じましたが……」

「なんの、よいご思案をなされた。念のため、しばらくは往診してようすを見ますが、この傷口なら、まず病む気遣いはございますまい」

「かたじけない」

「それにしても、その雇われ牢人、なかなかの遣い手だったようですな」

「いかにも……」

十郎太は目に苦渋の色を滲ませた。

「命拾いしたのは運がよかったまでのこと……今度、斬りあえばまちがいなく斬られるのは、それがしのほうでござろうな」

ふいに庭のほうでバサッと鳥の羽ばたく音がしたかと思うと、チチチッと鋭い悲鳴が聞こえた。

「ははぁ、ホースケめ、鼠《ねずみ》でも捕らえたかな」

「ホースケ……」

「ふふふ、梟《ふくろう》のことですよ」

笹倉新八がニンマリして平蔵にうなずいてみせた。

「この屋敷の築山《つきやま》に杤《とち》の老木がありますが、その空洞《うろ》に梟が居候《いそうろう》をきめこんでおりましてな。夜になると鼠や蝙蝠《こうもり》を狙って現れる」

新八は口をへの字に曲げて苦笑した。

「ま、居候という身分はそれがしと似たようなものだが、だれに雇われているでもなく気髄気儘《きずいきまま》に暮らしていられるだけ、ホースケのほうが格上ですかな」

ちゃんとした離れ家と身のまわりの世話をする女中まであてがわれ、けっこうな身分に見える笹倉新八にも、どうやら余人にはわからぬ鬱屈があるらしい。

四

来たときとおなじ猪牙舟に送られ、和泉橋の舟着場で舟からおりた平蔵は、川沿いの夜道を筋違橋御門前で左折した。

もう、七つ（午前四時）は過ぎているころだろう。

須田町から日本橋までつづく大通りは月光の下に青白く沈んでいた。

ときおり野良犬がよぎるだけで町は静寂につつまれている。

木戸はどこも閉ざされていたが、医者と産婆は時刻を問わず通してくれる。

新石町の木戸もしまっていたが、番小屋には灯りがさしていた。声をかけると顔見知りの爺さんがすぐに起きだしてきて木戸をあけてくれた。

弥左衛門店はどこも寝静まっていたが、平蔵の長屋だけは戸障子にほのかな灯りがさしていた。

引き戸をあけて土間に足を踏みいれると、有明行灯の淡い灯りが平蔵を迎えてくれた。

——まだ、文乃は帰らなんだのか……。

そう思って声をかけようとしたが、平蔵はその声を呑みこんだ。

薄暗い部屋の隅で、四つに畳んだ布団に上躰をあずけて文乃が眠っているのが見えたからである。

どうやら来るとき持参したものらしく、藍微塵の着物は衣紋《えもん》掛けに吊るし、矢絣《やがすり》の単衣物に着替えていた。

湯屋にでもいってきたのか、髷《まげ》を洗い髪のまま肩のうしろで束ね、括《くく》り紐《ひも》でまとめていた。きちんと畳んだ布団の上に両手を揃えて重ね、頬を布団におしつけたままで熟睡している。横座りにくずした足が浴衣の裾からはみだし、ふくら脛《はぎ》が太腿の重みでひしゃげていた。

なにか夢でも見ているのか、かすかにほほえんでいた。

たしか文乃は二十七になったはずだが、有明行灯の淡い火影に照らされた寝顔は、まるで十八、九の小娘のようだった。

初夏とはいえ、まだ夜は底冷えがする。

腰の物と袴《はかま》をはずし、衣紋掛けから縕袍《どてら》をとって文乃の肩にかけてやった。

冬に着たままだったせいか、すこし黴《かび》臭いが、

——なに、風邪をひくよりはよかろう。

夜明けにはまだ間がある。壁にもたれ、あぐらをかくと腕組みをして目をとじた。心気は高ぶっているものの、昼から飲みつづけのところに往診で休む間もなかったため、目をとじると吸いこまれるような睡魔が襲ってきた。

ごろりと横になり、腕枕をするとそのまま眠ってしまった。


泥のような深い眠りのなかで、平蔵はふんわりした暖かい微風が頬をかすめるのを感じた。

朦朧《もうろう》とした意識のなかで、かすかな衣擦れの音がし、薄墨を溶きながした闇のなかで、仄《ほの》かに白いものが影絵のように動いた。白い影絵は衣擦れの音とともに甘い芳香を運んできた。

やがて、まろやかで柔らかなものが平蔵の脇にしめやかに寄り添うのを感じた。ぬくもりが平蔵の肌にじわりと伝わってくる。

その、まろやかな起伏はあきらかに女体のものであった。

女体はたとえようもなく滑らかで、しっとりと吸いつくような弾力にみちみちていた。鈍い意識のなかで、官能だけが鋭くめざめ、疼《うず》いてきた。

寄り添っているものを手でたしかめようとしたが、五体は金縛りにでもかかったように重く、硬直している。

うなじに熱い息吹を感じ、疼きはこらえようもなく高ぶってきた。

声を出そうとしたが、声はむなしく咽にからまったままだ。平蔵は懸命にもがいた。もがいても、もがいても五体は身じろぎひとつできなかった。

ふいに女体はするりと平蔵のかたわらから抜けだした。

重い瞼《まぶた》をこじあけると、淡い霞《かすみ》のなかに白い残像だけが幻のように残った。

残像を追って、もがいているうちにフッと呪縛から解きはなたれた。

薄墨色の闇がたちまち眩《まぶ》しい光に変わり、雀の囀《さえず》る声が聞こえてきた。

黄ばんだ障子紙に陽光が燦々《さんさん》と降りそそいでいる。

――夢だったか……。

そう思ったが、夢にしてはあまりにも生なましい実感があった。

気がつくと褞袍が手足にまつわりついている。眠る前、文乃にかけてやったものだ。縕袍の襟から黴くさい臭いにまじって女体の匂いがする。

匂いは夢のなかの芳香とおなじもののような気がした。

――あれは……、
もしかすると文乃だったのかも知れぬと思った。

あぐらをかいて放心していると、文乃が土間から盥に山盛りの洗濯物をかかえてあがってきた。

「お目覚めになりましたか……」

文乃は肩をすくめてクスッと笑った。

「さっきから、しきりにうわごとを口走っていらっしゃいましたよ」

「ん……」

「きっと、いい夢でも見ていらしたのでしょうよ」

虚を突かれて、平蔵は絶句した。

――まさか、くだらんことを口走ったのであるまいな……。

文乃は腰を落とし、片膝をついて洗濯物の盥を置くと障子をあけた。

障子のむこうに堰《せ》きとめられていた朝の光が一気にさしこんできた。

「ま、よい、お天気ですこと……」

片手をかざしてまぶしそうに目を細めると、腰をあげて裏の坪庭におり、洗濯物を干しはじめた。

矢絣の単衣物につつまれた臀《しり》の丸いふくらみを見ていると、さっき見たのは艶夢などではなく現実だったような気もしないではない。

「ふうむ……」

腕組みをして文乃をぼんやり眺めていると、洗濯物を干しながら文乃がふりむいた。

「どうなさいました。まだ、お目がさめませぬか」

「ん、いや……」

まさかに、艶夢の正体の詮索をしていたとは言いにくい。

のろのろと起きあがり、よれよれの単衣物のまま総楊子《ふさようじ》をくわえ、手ぬぐいを肩にひっかけ表の露地の井戸端に向かった。

長屋の女房たちが三人、洗濯をしながら井戸端会議に余念がなかったが、平蔵の顔をみると、肘をつつきあって意味ありげな目をふりむけた。

「せんせい、よござんしたね。出てったご新造《しんぞ》がおもどりになって……」

「いやだねぇ。見てごらんな、せんせいの顔、なんだかでれりぼうっとしちゃってるよ」

「ふふふ、おおかた焼けぼっくいについた火はなんとやらで、ゆうべは寝る間もなかったのさ」

こんな連中にいちいち相手になっていてはろくなことにならない。

長居は無用と、さっさともどってくると味噌の香ばしい匂いが土間いっぱいにただよっていた。

文乃が炊きあがった釜をしゃもじでかきまわしながら笑顔をふりむけた。

「今朝は紅梅飯にしましたの。すこし焦《こ》げましたが我慢してくださいね」

「お、紅梅飯か……」

聞いただけで、生唾がわいてきた。

磐根では大根の味噌漬けを釜に刻みこんで炊きあげたのを紅梅飯という。

味噌の色が飯にほどよく染みこんで薄桃色になる。味噌の香りが香ばしく、平蔵の好物のひとつでもある。

——それにしても……、

襷《たすき》がけで葱《ねぎ》を刻んでいる文乃の姿を見ていると、このまま居着いてしまいそうな気配である。

――いったい婿取りの件はどうなったのか……。

まだ文乃から肝心なことは何ひとつ聞いていない。

――ま、いいか……。

話さなければならないことがあれば文乃が話すだろうし、文乃が話したくないのなら無理に聞くこともなかろう。

もともと面倒くさいことは苦手な口である。

ごろりと横になって肘枕をついて洗濯物が風に吹かれているのをぼんやり眺めていると、表の戸障子をガタピシときしませて無遠慮な声がした。

「神谷さん、いるかね……」

ちょいと鼻にかかった巻き舌の野太い声は北町奉行所で定町廻り同心を務める斧田晋吾のものだった。

# 五

斧田同心は雪駄《せった》を無造作に履き捨てると、腰の物を手にさげてずかずかと上がりこんだ。

「あんたも隅におけねぇやな」

平蔵の前にどっかとあぐらをかくと巻き羽織の裾をはねあげ、台所の文乃のほうに目をやった。

「いつの間に縒《よ》りをもどしたのだ。ん？」

かつて文乃が生家の事情で平蔵と別れて磐根にもどっていったいきさつを斧田はよく知っている。

冷やかしながらも口調には祝福の色合いがこめられていた。

「喧嘩《けんか》別れした夫婦じゃあるまいし、縒りをもどしたはなかろう。これには、ちとわけがあっての……」

「男と女がくっつくのにわけもへったくれもありゃしねぇやな。……ま、今度は逃げられねぇように、せいぜい精だして気張るこったね」

斧田はくくくっと咽の奥でふくみ笑いした。

八丁堀同心は好んで下ネタがらみの下世話なことを口にする癖がある。

——よけいなお世話だ……。

まぜっかえしてやりたかったが、下手をすると図にのって何を口走るか知れたものではないから、やめておいた。

「朝っぱらから、そんなことを言いにきたのかね」

ちくりと釘をさすと、斧田はずいと膝を乗りだして声をひそめた。

「ゆうべはわざわざ柳島くんだりまで出向いて牢人者の刀傷の手当てをしてやったそうだな」

探りをいれるように鋭い目をすくいあげた。

「ほう、もう耳にはいったのか」

「なに、下っ引きの留松《とめまつ》の野郎がチョイと一杯ひっかけて帰りがけに柳島で斬りあいの現場を見かけたってわけだ」

「ははあ、それで早速、斧田さんにご注進におよんだというわけか」

「ま、そういうことだ。しかも闇討ちをしかけた牢人どもの雇い主は三階笠《さんがいがさ》の三つ紋付の羽織をつけた若い武士だったそうだ」

「ほう、三階笠の、家紋か……」

「こころあたりがあるのか」

「いや……」

三階笠の家紋はめったにない。

だいたいが笠紋は柳生《やぎゅう》の市女笠《いちめがさ》をはじめ、ゆいしょある旗本の家紋と相場はきまっている。

平蔵が眉をひそめたとき、文乃が炊きたての紅梅飯に小茄子《こなす》の糠漬《ぬかづ》けを添えて運んできた。

「こんなものしかございませんが、お口よごしにお召しあがりくださいまし」

「や……これは恐縮」

味噌の香ばしい匂いに斧田同心、鼻をピクつかせた。

「これは味噌漬けの炊きこみですかな」

「はい。磐根《くに》では紅梅飯ともうしておりますが、お口にあいますかどうか」

「いやいや、この香りを嗅いだだけで、もう腹の虫がこれこのとおり……はっはっは」

斧田は気さくに箸をつけると、

「ううん、これはうまい」

舌鼓《したつづみ》を打って、おおきくうなずいた。

炊きこみ飯に小茄子の糠漬けが、これまた、うまくあう。

小茄子をパクリと口にほうりこんだ斧田がやんわりと探りをいれてきた。

「ところで、その牢人者とあんたとは、どういうかかわりがあるんだね」

「それは御用の筋か……」

「いや、べつに死人が出たわけじゃないから表沙汰にはなるまいよ。それに、あの牢人者がかくまわれている篠山検校の屋敷は、御寺社の支配地で町方の縄張りじゃないからな」

斧田は皮肉に口をひんまげた。

「検校といや聞こえはいいが、本業は金貸しだ。蔵には黄金の山がうなってるそうだが、あの検校はあんたの得意先かね」

「じょうだんじゃない。おれの患者はおおかたが神田界隈だ。それも、おおかたは日銭暮らしの人間でね。黄金の匂いどころか、薬礼《やくれい》も取りっぱぐれかねない連中がほとんどさ」

「てぇと、神谷さんは、あの牢人者と昵懇《じっこん》なのかね」

「いや、昵懇もなにも、あの井関十郎太という御仁とは昨日の昼間、会ったばかりで、言ってみりゃ行きずりの縁でしかないんだが……」

「ほう……」

「実はな……」

平蔵は両国の広小路での出来事を斧田に話した。

「ははぁ、ふんどしを看板がわりに刀の売り立てにね。……そいつは、さぞかし見ものだったろうよ。刀を売るなら久松町か、日蔭町あたりの刀屋に行くほうが手っ取り早いはずだが」

「いや、大事の差し料を売るからには、おのれの目で買い手の人柄を見届けたかったらしい。だから「某《それがし》の意に適《かな》う御仁に限る」とわざわざ但《ただ》し書きをつけたのだと申されていたな」

「ふふ、ふ。気持ちはわからんでもないが、相当な変わり者だね」

「ま、一徹者にはちがいないが、この井関十郎太というのはなんともいえず人柄のよいおひとでね。……それが闇討ちにあって手傷を負ったと聞いたら、ほうってはおけなくなったというわけだ」

「ま、それがあんたの性分だからな」

斧田は冷やかすようにうなずいた。

「しかし、その村正云々《うんぬん》はともかくとしてもだ。先祖伝来の家宝の刀まで手放して仲間の窮乏を助けたいとは泣かせる話だ」

「まったく近頃にはめずらしい私欲のないおひとさ。千五村正の作刀にまちがいないと太鼓判をおされたにもかかわらず、仲間のためなら喜んで手放すつもりらしい」

「ふうむ。もしかしたら闇討ちは、その千五村正を遮二無二に強奪するためだったとも考えられるな」

「なに……」

ふいに平蔵の脳裏に両国の広小路で井関十郎太に因縁《いんねん》をふっかけようとした、旗本の御曹子らしい若侍の顔がよぎった。そういえば、旗本家の家人らしい侍が供についていた。

「しかし、まさか……あれぐらいのことで闇討ちをしかけるなどと無法な」

「いや、わからんぞ。なにせ、相手が相手だからな」

「ほう、というと、ゆうべ井関さんに闇討ちをしかけてきた相手は何者かわかっているのか」

「ああ……」

斧田は紅梅飯をかきこむと、口をひんまげて吐き捨てるように言った。

「留のやつが見たという羽織の三階笠の家紋だが、……これが、なんと普請奉行の駒井《こまい》右京亮《うきようのすけ》の家紋なのさ」

「なんだと……神田橋御門外に屋敷がある、あの駒井か」

「うむ。三階笠の家紋はそうあるもんじゃない」

「しかし、あの駒井がまさか……」

「いや、むろん駒井右京亮はかかわりはないと思うが、駒井右京亮が妾《めかけ》に産ませた佑之進てぇ次男が、とんだ剣術狂いでね。このところ破落戸まがいの剣術遣いを取り巻きにしちゃ、あちこちで悶着を起こしていやがるのさ」

斧田は苦々しげに口をひんまげた。

「ゆうべの闇討ちの一件も、まず、この佑之進の仕業にまちがいはねぇよ。留のやつが三階笠の家紋をつけた若侍がつるんでたと聞いたとき、すぐにやつの仕業だなと、ピンときた」

「…………」

「この佑之進てのが癇癖《かんぺき》が強いうえに執念深いたちでね。剣術狂いだけならともかく、女癖も悪く、物売り女を屋敷に呼びこんじゃ、さんざんおもちゃにしてほうり出すわ、野良仕事に出ている百姓女を手込めにするわ。いや、もう、いちいち数えあげたらキリがないほど悪さの仕放題よ」

「それだけわかってるんなら、なんとか手を打ったらどうなんだ」

「へっ、生憎《あいにく》だが牢人者ならともかく旗本御家人の取り締まりは目付衆の仕事と御定法《ごじょうほう》できまっているのさ。つまりは、あんたの兄者の縄張りで、おれたち町方同心は指一本だせやしねぇ」

口をへの字にして吐き捨てた。

「おまけに駒井家の用人が尻ぬぐいに八方駆けずりまわっちゃ銭をバラまいて泣き寝入りさせちまいやがる。だれだって、お偉方と銭の力にゃ弱いからな」

「親父の右京亮はそのことを知っているのか」

「さぁてね。多少は耳にはいってるだろうが、御用繁多で屋敷うちのことは用人にまかせっぱなしってところだろうな」

斧田が苦虫を嚙みつぶしたような顔になった。

「なにしろ、駒井右京亮はご老中の井上大和守さまのお気にいりでね。小耳にはさんだところによると普請奉行じゃものたりないらしく、ひそかに幕閣に根回しして町奉行か、御側衆の座を狙ってるらしいってんだから、こちとら町方の同心風情は見ざる聞かざるでだんまりをきめこむしかないのよ」

「ふうむ……」

「だからよ、神谷さんも、この一件にはあんまり深入りしすぎねぇほうが身のためだぜ。なにせ、あんたは好んで火中の栗を拾いたがる癖《へき》があるからな」

「おれはいたって穏やかな男のつもりだがね」

「ふふっ、どうだか怪しいもんだ。飛んで火にいる夏の虫ってこともある。ま、お節介もほどほどにしておくことだな」

斧田が腰をあげかけたとき、表からけたたましい声が飛びこんできた。

「せんせい！　沢井屋《さわいや》ですが、今朝から、ご隠居さまのようすが……」

「わかった。すぐに行く……」

腰をあげた平蔵を見て斧田がニヤリとした。

「おい。沢井屋といえば神田でも名代の履物問屋じゃないか。あそこから往診を頼まれりゃ、たいしたもんだ。神谷先生の医者商売も繁盛まちがいなしだぜ」

「つまらんことを言うな」

平蔵の顔が険しくなった。

「沢井屋のご隠居はな……」

言いさして、平蔵、苦い目になった。

いま、平蔵は余命幾許《いくばく》もない三人の患者をかかえている。

その一人が沢井屋の隠居・久兵衛《きゅうべえ》だった。

が、それを他人に口外するのは医者の道義に反する。

「悪いが失礼する」

ふりきるように言い捨てると、薬箱を手にし、急いで土間におりたった。

「お、おい……」

斧田は呆気にとられて見送って首をかしげた。

「おれ、なんか、まずいことを言ったかな」

# 第五章　火中の栗

## 一

骨と皮だけになった手首に太い血管が浮いている。

脈診すると、指先にかすかだが、弱々しい反応があった。

皮膚は紙のように乾ききっているが、手首は太く、指も太い。掌《てのひら》は平蔵よりも大きいが、肉が殺《そ》げ落ち、まるで干し烏賊《いか》のように薄くなっている。

十五のときから働きづめに働きつづけてきた男が、ようやく大店《おおだな》の隠居におさまり、これから安楽に余生を送ろうとした矢先に病魔に取り憑《つ》かれたのだ。

「せんせい……」

久兵衛の手が力なく平蔵の手をつかんだ。

生気を失った眼がすくいあげるように平蔵を見た。

乾ききった唇を舌の先でしめらせてから、久兵衛はかすれた声でとぎれとぎれに問いかけた。

「せんせいは……いくつにおなりです」

「うむ?……いつの間にか、もう、三十を越えてしまいましたよ」

「ほう、まだ三十とは……うらやましい」

「なんの、三十にもなって、日々食うのがやっとの始末ですよ」

「いいんですよ、それで」

久兵衛はこともなげにうなずいて微笑《ほほえ》んだ。

「銭なんてものは……まともに生きてりゃあとからついてくるもんです」

「………」

「わたしは二十七のときに女房をもちましてな。それこそ明日のおまんまがやっとという貧乏所帯でしたが、女房とふたりきりの、そのころがいちばん幸せでしたな」

久兵衛は遠い日をたぐりよせるような眼ざしになった。

「そのころの女房はろくに食うものも食っちゃいないのに……乳はむちりとしていましてな。肌はすべすべとしていて……そりゃもう」

そのころを思いだしているのだろう。

久兵衛は夢でも見ているような恍惚《こうこつ》とした表情になった。

平蔵は静かに久兵衛の胸に手をさしいれて胃の腑《ふ》のあたりを触診した。

肋骨の浮きだした久兵衛の胃の腑の下にぽこりと盛りあがる痼《しこ》りがある。

これこそが、久兵衛の躰に棲みついている病魔の根源だった。

はじめは指の先ほどしかなかった痼りが、いまや、じわじわと下腹にまでひろがりつつある。

——もって、あとひと月か、ふた月というところか……。

わかっていてどうすることもできない、おのれの無力に平蔵は暗澹《あんたん》とするばかりだった。

三年前、久兵衛の孫が麻疹《はしか》にかかり、かかりつけの医師からも見放されたとき、平蔵の噂《うわさ》を聞いた久兵衛が藁《わら》にもすがる思いで往診を頼んできた。

平蔵が三日三晩、泊まりこみで治療にあたった甲斐あって孫の命をとりとめたのがきっかけで、沢井屋一家から全幅の信頼をえた。

ことに久兵衛はことのほか平蔵をひいきにし、店をしめてから小僧を使いによこしては酒を酌《く》みかわしながら碁盤を囲んだり、夏には屋形船に誘って夕涼みをともにしたりしていた。

久兵衛はおりあるごとに「わたしには、せんせいというおひとがいますからね、大船に乗ったようなつもりでおりますよ」と口癖のように言っていた。

しかし大船どころか、この肝心なときに平蔵はなすすべもなく、ただ最期を看とることしかできそうもない。

そのことが無性に腹だたしく、情けなかった。

久兵衛は今年で六十二歳になる。

長年、連れ添った妻に一昨年、先立たれて気落ちしたこともあってか、久兵衛は、去年、家督を息子に譲った。

これまで働きづめですごしてきたが「すこしは余生を楽しんでもよかろう」と隠居所を建てまし、のんびり芝居見物をしたり、平蔵と碁盤を囲んだりしてすごすのを楽しみにしていた矢先、体調をくずしたのだ。

平蔵が診察したとき、すでに病魔はしっかりと久兵衛の臓腑を鷲《わし》づかみにしていた。

――なぜ、もっと早く気づかなんだのか……。

医者として慚愧《ざんき》の念にかられたが、いっぽうでは気がついたとしても、どうすることもできなかったにちがいない。

――所詮……、

医者の看板などあげていても、

――できることは……、

せいぜいが、いまの久兵衛の、痛苦をやわらげることぐらいしかないのだ。

そのことが悔しくてならなかった。

「せんせい……独り身はいけませんよ」

ふいに久兵衛が、たしなめるようにささやいた。

「せんせいは滅法おなごにもてなさるが……長つづきがしないそうですな」

久兵衛は気分がいいのか、よくしゃべる。

躰に障りはしないかと気にはなったが、いまの久兵衛にはおしゃべりも寸刻のやすらぎになるのかも知れぬと思いなおした。

「なに、こんな貧乏医者にくっついてちゃ、ろくなことにならんと、いつも逃げられてしまうだけでね」

「そうじゃありませんな……ちゃんとしたおなごは……銭がないからといって逃げはしませんよ……しっかりと可愛がってやりさえすれば、どこまでもついてくる。そういうものです」
久兵衛は干からびた手をそろりとのばし、平蔵の腕をつかんだ。
とても長患いしている病人とは思えないほど手にちからがあった。
「若いときは短いものですよ。……ええ、もう、あっけもないものです」
久兵衛は息子にでも諭《さと》すかのように深ぶかとうなずいた。
「はやく、いい、ご新造《しんぞ》をおもらいなさるがいい。一人法師は気楽なようでも、
根っこは味気のないもんで……」
言いさして、ふいに久兵衛はゴホッ……ゴホッと、ちからなく咳きこんだ。
平蔵は背中をさすってやりながら、
――それにしても……、
いくら商いが忙しいからといっても、医者が往診にきているにもかかわらず、
息子の久太郎《きゆうたろう》が挨拶したきりで嫁は顔も出さず、病人の世話をする女中のひとり
もつけていないというのはどういうことだと思った。

# 二

しばらくして久兵衛の咳きこみがおさまり、とろとろとまどろみはじめたのを見て、平蔵はひとまず引きあげることにした。

離れの隠居所から中庭の敷石づたいに台所の通路を通って、客で賑わっている店の土間に出ると、帳場に座っていた息子の久太郎が急いで立ってきた。

まわりの客に愛想をふりまきながら平蔵のあとを追って店の外まで送り出てくるとあたりを憚《はばか》るように声を落とした。

「なんのおかまいもしませんで申しわけございません」

小腰をかがめながら紙包みをさしだした。

「これは今日の薬礼《やくれい》でございます。いずれ、日をあらためまして御挨拶に伺わせていただきますので……」

「そんなことはどうでもよい」

平蔵は険しい目で久太郎を見すえた。

「父御《ちちご》はそう長くはもたぬということをご存じであろう」

「は、はい……」

「あんたは店のことで忙しかろうが、せめて女中のひとりぐらいは父御の看病につけてあげられぬのか」

「は……」

平蔵の語気の鋭さに久太郎は絶句して青ざめ、面を伏せた。

「それが、その……あいにく人手が」

「人手。……沢井屋さんほどの身代で、付き添いの女中のひとりやふたり、雇えぬはずはあるまい」

「は、はい。それは、もう……」

何度もうなずいて久太郎はおずおずと顔をあげた。

「じつは、父がこのところ嫌な咳をしたり、啖《たん》に血がまじったりいたしますので、家内が、その、もしやしたら労咳《ろうがい》（肺結核）の気もあるのではと申しまして……それで、女中までが」

「避けておるというのか」

「は、はい」

「ばかな！……」

平蔵は声を荒らげた。

「父御の病いは胃ノ腑にできた痼りだと申したはずだ。ほかに伝染《うつ》るようなことはない。万が一、そのようなことがあったら、わしが責めを負うて腹を切る」

カッと双眸《りょうめ》を見ひらいた。

「せ、せんせい……」

「ご新造はどうでもよい。実の息子なら、たとえ労咳であろうとも朝な夕なに父御のもとに顔をだし、せめて最期の看とりをしたいとは思われぬのか」

「…………」

「久太郎どの。父御は若いころ、亡くなられた母御とともに明日の飯もおぼつかない貧乏暮らしのなかで、そなたを育てあげられたのだということをお忘れにならんことだ」

吐き捨てるように言うと、パッと背を向けた。

さっき、久兵衛がもらした言葉がぐさりと胸を突き刺した。

——貧しくても女房とふたりきりの、そのころが、いちばん幸せでしたな。

「あの、バカ息子が！　女房の臀《しり》に敷かれくさって……なにが労咳だ」

平蔵の胸に、いいようのない怒りと、悲しみが噴きあげてきた。

そのとき、うしろからぺたぺたと藁草履《ぞうり》の足音が追いかけてきて、平蔵に呼びかけてきた。

「せんせい……」

「うむ……」

ふりかえると、さっき長屋に久兵衛の往診を頼みにきた浅吉《あさきち》という十五、六の丁稚《でっち》だった。

「おう、おまえか……」

「あの、ご隠居さまのぐあいは、どうなんでしょうか」

浅吉はひたむきな目で問いかけてきた。

「そうか、久兵衛さんの容態が気になるんだな」

「はい。ご隠居さんには奉公にあがったときから、ずいぶん可愛がってもらいましたから……」

息子夫婦への腹だちで尖っていた平蔵の顔がみるみるうちにやわらいだ。

沢井屋のなかに久兵衛のことをこころから案じてくれている者が、すくなくともここにひとりはいたのだ。

おそらく、久兵衛のことが気になって、こっそり店をぬけだして追ってきたにちがいない。

「おまえ、たしか浅吉だったな」

「は、はい」

「いいか、久兵衛さんはそう長くは生きられぬ。もし、なにかあったら夜中でもかまわん。わしのところに知らせにきてくれ。すぐに駆けつけるからな」

ふいに浅吉は唇をふるわせた。

「そんなに……お悪いのですか」

「うむ。ひとにはだれでも寿命というものがある。これは避けようもないことなのだ。……おまえにも、わかるな」

浅吉は双眸に涙をいっぱいにためて気丈にうなずいた。

「だから、せめて最期はすこしでも苦しまぬようにしてあげたい。いまの、わしにできることは、それぐらいのことだ」

そう言うと、平蔵はさっき久太郎がよこした薬礼の紙包みをそのまま浅吉の手に握らせた。

「これは、お使い賃だ。だれにもいうんじゃないぞ」

「せ、せんせい……」

「いいから取っておけ。わしがあげるんじゃない。久兵衛さんがお前の気持ちを知ったら、きっとそうしたにちがいないことを、わしがしただけのことだ。だから、気にしなくていい」

浅吉は袖口でぐいと涙をこすると、紙包みをしっかりと握りしめ、

「ありがとうございます。ご隠居さまのことは、きっとお知らせしますから、よろしくお願いします」

ぺこりと頭をさげると、くるっと背を向けて駆けさっていった。

三

神田新石町の日除け地には、樹齢百二十年といわれている椎《しい》の老木がそびえている。

椎は常緑の高木で五、六月の初夏のころ、香りの強い花を咲かせ、秋には実が採れ、食用にもなる。

日除け地には松、檜《ひのき》、椎などの常緑樹を植え、防火用にするが、夏には緑陰の傘をつくり行商人たちが弁当を使ったりする憩《いこ》いの場にもなっていた。

今日も陽射しは強かったが、新緑におおわれた椎の大枝が表通りを覆い、涼しい日陰をつくっていた。

その日陰の下で担《かつ》ぎの鋳掛屋《いかけや》がしゃがみこみ、せっせと鞴《ふいご》を吹かしていた。

何気なく通りすぎようとしたら、

「旦那。お忘れですかい」

鋳掛屋がひょいと顔をあげて片目をつぶってみせた。

「お……仁吉《にきち》か」

仁吉の本業は猪牙舟《ちょきぶね》の船頭だが、北町奉行所で隠密廻り同心・矢部小弥太《やべこやた》の下で公儀御用を務めている腕っこきの下っ引きで、御用向き次第でなんにでも化けることから百化けの仁吉と呼ばれている。

小弥太は平蔵の親友・伝八郎の兄で、これまでも何度か危機を助けてもらっている。

「今日も御用の筋かね」

「へい……目あては、あいつらでさ」

仁吉が目をしゃくってみせた先に牢人者らしい二本差しが二人、長屋の入り口で提灯《ちょうちん》張りの由造《よしぞう》をとりかこんでいるのが見えた。

一人は上背もあり、身なり次第ではれっきとした藩士で通りそうな見てくれのいい牢人だが、もう一人はずんぐりむっくりして炭団《たどん》に手足をつけたような男だった。

二人とも着流しに懐手をしたまま、うすら笑いをうかべて由造を脅しつけているようすだ。

「のっぽのほうは赤倉敬助《あかくらけいすけ》。ずんぐりが野口喜平太《のぐちきへいた》。どっちも銭と血なまぐせえことには目がねえって狂犬でさ」

「ほう。よく知っているな……」

「のんびりしてちゃいけませんや。やつらの狙いは、旦那ですぜ」

「なんだと……」

「あいつらは普請奉行の駒井さまの倅《せがれ》で佑之進てぇ極道息子の飼い犬でしてね」

「なに、あれが、駒井の……」

「ご存じで……」

「ああ、今朝、斧田さんから聞いたばかりだ」

「そいじゃ、はなしが早いや。やつらは狂犬みてぇな連中ですからね。せいぜい嚙まれねぇように気ぃつけてくださいよ」

「わかった。お役目ご苦労だな」

斧田同心ばかりか矢部まで目をつけているとなると、駒井佑之進という旗本の倅はよほどのワルらしい。

——どうやら……、
火中の栗を拾ってしまったようだな。

平蔵が舌打ちしながら歩きだしたとき、長屋の露地から文乃が銭湯にでも行こうとしてか、小盥《こだらい》を手に出てきた。

由造が文乃になにか言うなり、牢人者はたちまち文乃に食いついた。

文乃が何か言い返そうとして、平蔵に気がついた。

二人の牢人者がいっせいに平蔵のほうをふりむいた。

「平蔵さま……」

文乃が小走りに駆けよってきた。

「あの者たちがなにやら……」

「わかっている。そなたは早く湯屋に行け」

そう言うと、平蔵はためらうことなく二人の牢人者に近づいていった。

「どうやら、そのほうが神谷平蔵とかもうす町医者らしいな」

のっぽの赤倉敬助が揶揄《やゆ》するような口ぶりで問いかけてきた。

「いかにも、わしが神谷平蔵だが、なにか御用かの」

「ふふふ、貧乏医者にしちゃ色っぽい女房をもっているじゃないか」

平蔵の背後で息をつめている文乃を目でしゃくり、

「悪いことは言わん。つまらん牢人にかかわりあわんことだな。女房が泣きを見ることになるぞ」

「ほほう、そういう貴公たちは牢人ではないのか。見たところ、どこぞの藩士のようには思えんが」

「なにぃ！」

それまで黙っていた炭団の野口喜平太が毛虫眉を吊りあげていきりたった。

「きさま、われらに喧嘩《けんか》を売る気か！」

「よさんか、場所を考えろ、場所を……」

「し、しかし赤倉……」

「どうも、きさまはすぐ血のぼせるからいかん。ま、おれにまかせておけ」

のっぽが炭団をなだめると、平蔵に冷ややかな視線を向けた。

「聞いたところによると、きさま、医者のくせに、こっちの腕もなかなかのものらしいな」

ポンと刀の柄《つか》をたたいた。

「人斬りと、人助けの両刀遣いかね」

「よけいなお世話だ。用がないなら帰っていただこう」

「こやつ！……言わせておけば図にのりおって」

また炭団が吠えたが、のっぽはせせら笑った。

「ふふふ、きさまの兄は目付だそうだが、下手をすれば目付の首のひとつやふたつ、いつでも飛ばせるということを忘れんことだな」

「いいとも、兄者は目付を首になったからといってじたばたするような人間じゃない。そっちこそ若殿次第では父御が腹を切ることになりかねん。そうなれば飯の食いあげになるぞ」

「きさま……」

図星をつかれてか、一瞬、のっぽの双眸にギラッと殺気がみなぎったが、

「いい度胸だ。せいぜい、可愛い女房どのに一人歩きはさせんようにすることだな」

そう吐き捨てると、炭団をうながして、くるっと背を向けた。

# 四

平蔵は濡れ縁につくねんとあぐらをかいて、ちいさな裏庭を眺めていた。

竹垣の裾に文乃が磐根に去る前に植えこんでいった椿の若木がすくすくと育っている。

花がおわったあとに芽ぶいた薄緑色の新葉が、陽の光を浴びるにみずみずしく照り映えていた。

今朝、文乃が干した洗濯物が早くも乾きかけ、下帯《したおび》や肌着がそよ風に吹かれてゆれている。

なんとも穏やかな日常の風景である。

だが、平蔵の双眸は、そんなのどかな風景とは裏腹に、いつになく陰鬱で、険しい光を放っていた。

文乃がお茶を運んでくると、膝をきちんとそろえて平蔵のそばに座った。

「なにを案じておられます」

「うむ？」

「平蔵さまらしくもない。あのような無頼な牢人者のことなど、お気になされますな」

「ふふ、文乃も気の強いことをいうようになったな」

「気が強くなったのではありません。平蔵さまがそばにいてくださると思えば怖いものなどありませぬ」

「それは買いかぶりというものだ。おれはそんな強い男ではないぞ」

「でも……」

「さっきのやつらは、おそらく昨夜、おれが往診した井関十郎太という御仁《ごじん》に闇討ちをしかけた狼藉者の仲間だろう。斧田さんによると、やつらを飼《こ》うているのは普請奉行の駒井右京亮の妾腹《しょうふく》の伜だということだ。家督を継げぬ憂さ晴らしに牢人剣客をあつめては好き勝手をしているにちがいない」

「………」

「こういう手合いは見境もなく嚙みつく狂犬のようなものだ。相手にするには一番始末に悪い輩《やから》だな」

平蔵は語気を強めた。

「しかも、やつらは、おれが目付の神谷忠利《ただとし》の弟だということを承知のうえで脅しをかけてきている」

「なんという理不尽な……」

「その理不尽がまかりとおることもあるのが世の中というものだ」

「………」

「こけおどしかも知れぬが、目付の首のひとつやふたつなどとほざくような輩のことだ。なにをしでかすか知れたものではない」

「………」

「しかも、きゃつらの後には普請奉行の駒井右京亮がついているから、斧田さんのような町方同心が迂闊《うかつ》に手を出せる相手ではない」

平蔵は苦々しげに舌打ちした。

「なにせ、長い物には巻かれるのが世の常だからな」

「でも……」

文乃がためらいがちにつぶやいて、いぶかしげに首をかしげた。

「いくら我意が強く、執念ぶかい気性といっても七千石の大身旗本の若殿が、ただの刀を一振り、売れ売らぬというだけのことで、腹を立てて闇討ちまでしかけるものでしょうか」

「……うむ？」

「わたくしには、どうしても解《げ》せませぬ」

　文乃は思慮ぶかい目を、ひたと平蔵に向けた。

「売る売らぬの悶着が因《もと》ではなく、斧田さまがちらっと漏らされていたように、井関さまが所持なされている刀が村正だとわかって急に欲しくなり、奪い取るために闇討ちをしかけたような気がいたしますが」

「ほう……」

「わたくしには刀の値《あたい》はわかりませぬが、勢州村正といえば天下に聞こえた名刀だと、父から聞いたことがございます。欲しいおひとにとっては千金万金にもかえがたい宝物でございましょう」

「ううむ。……たしかに文禄、慶長のころには村正の一振りは一国に値するといわれたほど武家にとっては金銀にかえられぬ宝物だったというからな」

　平蔵はおおきくうなずいた。

「しかし、井関どのの差し料が村正だということを知っているのは、十内どののほかには、おれと伝八郎ぐらいのものだぞ」

「そうでしょうか……」

「うむ……」

「『味楽』で働いているひとたちや、そのとき味楽に来ていたお客の耳にはいったということはありませぬか」

平蔵はおもわず目を瞠《みは》った。

「『味楽』、か……」

これまでは、考えもしないことだった。

——が、ありえないとは言い切れない。

「味楽」は客商売の料理茶屋である。

主人の十内はみずからも包丁を取るが、板場には雇いの料理人もいるし、店には十内の娘のお甲もいれば、女中が三人いる。

それほど広い店ではなし、部屋の外を通りかかれば話は耳にはいる。

しかも、ただの世間話ではなく、三百両でも安すぎると十内が断言したほどの天下の名刀が話題だった。

女中や客たちも、たとえ悪気はなくても、耳をそばだてたくもなるだろう。

小耳に挟めばひとに話したくもなろうというものだ。

平蔵にしてからが、井関十郎太や村正のことを斧田同心に漏らしている。

根がおしゃべり好きな伝八郎にいたっては言わずもがなのことだ。

噂は日に千里を駆けめぐるという。

(もし、あの刀が勢州村正だということが、剣術狂いといわれる駒井佑之進の耳にはいったとしたら……)

是が非でも我がものにしたいと執着しても不思議はない。

(これは……厄介なことになりそうだ)

平蔵の目が険しくなった。

五

「ほう。……これが、その村正かね」

甲州屋徳兵衛は手にしている井関十郎太の差し料を、疑わしげな目で舐めるように眺めながら、目の前に座っている牧村与平治に問いかけた。

いまでこそ甲州屋といえば深川でも聞こえた口入れ屋だが、徳兵衛の前身は大名屋敷を転々としていた渡り中間《ちゅうげん》である。

中間部屋で博打場を開帳し、博打の元手を貸しつけては蓄えた金で口入れ屋をはじめた男だけに、金の臭いには敏感だが、根は用心深い。

「わしには、どこぞの古道具屋にでも転がっていそうな代物に見えるがな」

徳兵衛には刀の善し悪しなどわかるはずもない。

だが、牧村与平治は眉ひとつ動かさなかった。

「たしかに見てくれは駄物ですが、井関どのの家は本多藩でも屈指の名家で、藩祖の平八郎忠勝さまより拝領したという名刀があることは藩中でも知らぬ者はありませなんだ」

「ほう……徳川家で本多平八郎といえば、わしら商人でも知らんものはない。その忠勝さまから拝領したというだけでも値打ち物だな」

「さよう。しかも、それが村正となれば、これはもう大名道具。層倍の値がつくは必定でしょう」

「うむ、うむ……」

にわかに欲の皮が突っぱってきたらしく徳兵衛は身を乗りだした。

「ほら、なんというかの。刀剣の目利きにかけては右に出るものはないという
……ほれ、あの」

「本阿弥《ほんあみ》家のことですかな」

「そ、そう、それよ。その本阿弥に目利きをさせて折り紙をもらえば、ずんと箔《はく》がつくんじゃないのか」

「たしかに……」

牧村与平治はかすかにうなずいた。

「ですが、本阿弥家から折り紙をもらうとなるとすくなからぬ鑑定料がかかります。まず、数十両は覚悟せねばなりますまい」

「な、なにぃ、ただの紙切れ一枚もらうのに数十両もか。まるで坊主丸儲《まるもう》け、高利貸しの上前をはねるようなぶったくりだ」

自分が金貸しで財をなしたのを棚にあげ、徳兵衛は目を怒らせた。

金銭にはがめついが、根は単純な男なのだ。

徳兵衛は銭には汚い反面、気にいった人間には気前がいい面もある。げんに牧村には月に三両の給銀のほかに盆暮れには五両の祝儀をはずんでくれる。おかげで大和町に小さいが家も借りて、多少の蓄えもできた。徳兵衛が裏で御法にふれることをしていたとしても、雇用人の牧村にはかかわりのないことと割り切っている。もともと牧村は小心で、武士には向いていない男である。

むしろ本多藩に仕えていたころのほうが、藩内の派閥争いが陰湿で、表裏定かならずといったところがあった。

そのあたりの匙《さじ》加減さえ心得ていれば、徳兵衛のような男のほうが御しやすいものだ。

「たしかに……たしかに」

牧村与平治はいちおう徳兵衛の憤懣《ふんまん》に同意するようにうなずいてみせた。

「とはいえ本阿弥の折り紙がなくても刀の値打ちがさがるわけのものではない。むしろ、ないほうが村正らしいともうせますな」

「ん？　そりゃ、どういうことだね」

「昨日、わたしはこの刀を持参し、日蔭町の鳳来堂《ほうらいどう》に行ってきました。鳳来堂の番頭の喜三郎《きさぶろう》は刀剣の目利きでは、江戸でも屈指の男という評判ですからな」

「おう、喜三郎ならわしも知っている。目端《めはし》の利くやつだが、なかなか抜け目のない男だぞ」

「その喜三郎が、なんと百両なら引き取ってもよいといいましたよ」

「なに、百両だと。あの喜三郎が、か……」

「むろん、喜三郎が百両だすということは、すくなくとも三百両、買い手によっては五百両でも売れるということでしょうな。だいたいが古物などというものは値があってないようなもの。元値の数倍、ことによっては十倍、二十倍の掛け値も平気でつけてくる。喜三郎が百両もの値をつけてきたということは、この刀が勢州村正の作だということの証《あか》しでしょう」

この天下泰平の世、れっきとした旗本でも両刀を帯びると腰がふらつくというありさまである。

刀剣や鎧兜《よろいかぶと》などの武具の値もさがるいっぽうだった。

衣服には金をかけても、腰の物に大金をかける侍などめったにいない。

芝の日蔭町や、日本橋の久松町に軒をつらねる刀剣商で売られている刀は高くて十両、二十両が関の山で、おおかたは二、三両から五、六両の品物だ。

そんなご時世のなかで、刀の目利きといわれている鳳来堂の喜三郎が百両もの高値をつけたこと自体が驚嘆ものだったのである。

「ううむ……」

徳兵衛、目をひんむいて手にした黒鞘《くろざや》の刀を見つめ、

「この、古ぼけた刀が百両とはねぇ……」

徳兵衛はふうーッとひとつ太い溜息をついた。

「それで、この刀は喜三郎に売ることにしたのかね」

「いえ、わたしの一存ではきめかねるゆえ、持ち主の井関氏の意向を聞いてからにするといって引きあげてきました」

「う、うむ。さすがは牧村さんだ。なかなかの駆け引き上手じゃないか」

徳兵衛はおおきくうなずいて膝をのりだした。

「で、ほんとのところ、牧村さんのお仲間の井関さんとかいうおひとは、これをいくらぐらいで手放すつもりなのかな」

牧村与平治が甲州屋に雇われるようになって四年になる。

本来なら牧村与平治は徳兵衛の使用人だから、与平治と呼び捨てにするところだが、徳兵衛は牧村与平治を「牧村さん」と呼びならわしていた。

牧村も人前では徳兵衛を「ご主人」と呼んでいるが、二人きりのときは相敬の立場を取り、「徳兵衛どの」と呼ぶことにしていた。

そうしていい、と徳兵衛も認めていたのだ。

牧村与平治が武士身分ということもあったが、なによりも無学文盲の徳兵衛にとって、算盤も達者で筆も立つ牧村与平治はかけがえのない片腕のような存在だったからである。

徳兵衛は六尺近い巨漢のうえに、でっぷりと肥え太っている。

だが、重たげな瞼《まぶた》の下の双眸は躰とは不釣り合いに豆粒のようにちいさく、死魚の目のように濁っている。

「いや、井関どのは銭金で動く男ではござらん」

「うむ。……それじゃ、その井関さんとやらは、なにが望みなんだね」

「銭金ではなく、仕官ですよ」

牧村与平治はさらりと切りだした。

「先だって、徳兵衛どのは剣の腕がたつ武士がいれば二十両の仲介料で十石二人扶持《ぶち》、五十両工面すれば三十石取りの士分に取りたてられる筋があるとやら申されましたな」

「うむ……」

とっさになんのことかピンとこなかったとみえ、一瞬、徳兵衛は虚をつかれたように目をしばたいたが、

「お、おお、おお。そのことかね……」

すぐに笑みをうかべ、ちいさく何度もうなずいた。

「つまり何かい。この刀と仕官の口を釣りかえにしたいということなのかな」

「さよう。鳳来屋の喜三郎でも百両はだすともうしておりますゆえ、売り先次第

では二百両にはなりましょう。もし、二百両で売れたとすれば、一人につき五十両かかるとしても三十石取りの士分が四人、仕官がかなうということになりましょう」

「う、うむ。た、たしかに……そのとおりだが」

徳兵衛の豆粒のような双眸がせわしなくしばたいた。

「しかし、いっぺんに四人とは、また多すぎるの……」

「いえ、仲間のなかで一人だけ、柳島の篠山検校に気にいられて用心棒がわりの食客として月に三両の手当てをもらって大事にされている笹倉新八ともうす者だけは、今の暮らしのほうが気楽でいいともうしておりますゆえ、仕官を望んでいるのは三人ということになります」

「ほう、三人か。それなら、なんとかなると思うが……」

徳兵衛は探るように牧村の顔を目ですくいあげた。

「あんたはどうなんだ。やっぱり、裃《かみしも》つけて、さよう、しからばの城勤めにもどりたいのかね」

「いや、いや……」

牧村は片手を横にふって苦笑した。

「わたしは恥ずかしながら、剣のほうはからきし苦手な性分でしてな。なまじ扶持取りになって上役の顔色をうかがって過ごすのはまっぴら御免。それよりも、こうして甲州屋で算盤をはじいたり、帳づけしたりしているほうが性にあっているようです」

「うん、うん、それを聞いて安心した。わしも、あんたがいてくれんとなにかと困るからの」

徳兵衛は肥体をゆすって、両手をポンとたたいた。

「よしよし、お仲間の牢人三人の仕官話、この甲州屋徳兵衛がたしかに引き受けよう」

徳兵衛は無銘の村正を手にすると、

「それに、この刀のことだが、わしが天満屋さんにもちこんでみるつもりだ」

「ああ、天満屋さんはご老中や幕府の重役方、それに諸藩のお留守居方とも昵懇《じっこん》の間柄だそうで、黄金を惜しまず、珍しい品を贈物に遣われると聞きました。村正ならきっと食指を動かされましょう」

「うむ。せいぜい高値で引き取ってもらえるようにするから、わしにまかせておきなさい。万事はそれからだ。なにせ、先立つものがないと仕官のほうも手の打ちょうがないからね」

「かたじけない」

牧村与平治の顔にようやく安堵の笑みがこぼれた。

「きっと、井関どのや仲間たちもよろこびましょう」

「ま、悪いようにはしないよ。あんたの顔をつぶすようなことはしないから、まかせておきなさい」

徳兵衛は満面に笑みをうかべ、おおきくうなずいた。

六

甲州屋徳兵衛は村正を刀袋に収めると、妾《めかけ》にやらせている平野町の舟宿から猪牙舟を出させ、川向こうの田所町にある天満屋に足を運んだ。

「おお、これは甲州屋さん。おめずらしい」

迎え出たのは天満屋儀平の片腕である大番頭の古賀宗九郎だった。

「滅多に出ない掘り出し物を手にいれましたので、ひとつ、天満屋さんのお目にかけようとおもいましてな」

「ほう……どうやら刀のようですな」

宗九郎はいまでこそ天満屋の大番頭をしているが、かつては西国の大名家に仕えていた武士で、東軍流の遣い手でもある。

徳兵衛が大事そうにかかえている刀袋に目をとめ、

「甲州屋さんが刀をもちこんでこられるとはめずらしい。わたしも是非、拝見したいものですな。さ、どうぞ」

すぐさま、店の奥の居間にいた主人の儀平にとりついだ。

儀平はもちこまれてきたのが刀だと聞いて気乗りはしなかったが、日頃のつきあいもある。

ともかくも徳兵衛を居間に迎えたが、

「わたしは商人だから刀にはとんと縁がないのでね。ここは番頭さんにまかせましょうよ」

武士の出でもある古賀宗九郎に下駄をあずけた。

「弱りましたな。わたしは刀を拝見するのは好きですが、好きと目利きは別物ですからね」

宗九郎は苦笑いしながら、もちこまれた刀を刀袋から取りだした。

「ほう。これはずいぶんと年代物らしいが、入手先はどこです」

「ほら、あんたも知っていなさる、うちの帳場の牧村。あれがもちこんできたんですがね」

「ああ、元は本多藩で勘定方をつとめていたという……」

「そうそう、あの男が本多藩に仕えていたころの仲間の先祖が、平八郎忠勝さまから拝領したという代物なんだそうで……」

「ほう、由緒来歴はなかなかのものですが、だれの作刀ですかな」

「いや、それが無銘なんだそうで……」

「無銘……」

宗九郎は眉をひそめた。

「甲州屋さん。来歴はともかくとして、刀の値打ちは銘できまるものですよ」

「ですがね、この刀を牧村が日蔭町の鳳来堂の喜三郎に見せたところ、百両なら買ってもいいといったそうですよ」

「なに……鳳来堂の喜三郎が」

にわかに宗九郎の目つきが変わり、儀平までが膝をのりだしてきた。

日蔭町の鳳来堂の番頭・喜三郎といえば刀の目利きにかけては本阿弥を越える

という噂は、二人ともよく知っていたからである。

「それは、ほんとうかね、甲州屋さん」

「なんなら喜三郎にたしかめてごらんになるといい。なんでもこの刀は銘こそないが、勢州村正の作だそうですよ」

徳兵衛はどうだといわんばかりに小鼻をぴくつかせた。

「ほう、それはまた……」

宗九郎は目を瞠った。

勢州村正とも、千五村正とも呼ばれている、この刀匠の作刀はひとによっては師の相州正宗をも越えるといわれている。

天満屋儀平は百両の買値がつけられたことに驚嘆しただけのことだが、古賀宗九郎は幻の名刀ともいわれている村正の実物を、おのれの目で見られることに双眸をかがやかせたのである。

「とにかく……拝見させてもらいましょう」

宗九郎は作法通り、懐紙《かいし》を口にくわえると、刀を鞘から抜きはなった。

二尺三寸余の刀身が庭からさしこむ淡い陽光に青みを帯びて冴《さ》えかえった。

鍔元《つばもと》から切っ先までなめるような目でたしかめた宗九郎の口から、かすかな嘆声がこぼれた。

「どうかね、番頭さん……」

儀平がせっつくように尋ねたが、宗九郎はそれには答えず、

「甲州屋さん、茎《なかご》をあらためさせてもらいますよ」

断ると、目釘を抜いて茎を鋭い目つきであらためた。

「うむ。……これは」

茎に刻まれた［人］の一字に、宗九郎の双眸はしばらく釘付けになった。

「へえ、銘のかわりに妙なもんが彫ってありますな。なんぞの呪《まじな》いかね」

かたわらからのぞきこんだ徳兵衛が不安そうな目で宗九郎を見た。

「いや……」

古賀宗九郎はかすかにかぶりをふって元通りに刀身を柄にもどし、目釘をさすと、主人の儀平を見てうなずいた。

「村正の作かどうか、わたしにはなんともいえませんが、甲州屋さんの売値次第では買っておいて損はない品物だと見ました」

「ほう……」

儀平は探るような目で宗九郎に問いかけた。

「つまり、たとえ村正ではのうても……ということだね」

宗九郎はかすかな笑みをうかべてうなずいた。

## 七

天満屋から呼んでもらった町駕籠《まちかご》にゆられながら甲州屋徳兵衛は満足げなほくそ笑みをうかべていた。

膝のうえには頑丈な銭箱をしっかりとかかえこんでいる。

「ふふふ、四百五十両なら、まずまずというところだな……」

鳳来屋の喜三郎が百両の値をつけたと聞いたときから、

(これは、少なくとも三倍の三百両にはなるな……)

そう、胸算用していた。

天満屋の最初の値付けは、倍の二百両だった。

牧村は二百両でも満足するかも知れないが、初値で手を打つ馬鹿はいない。

「あの、吝《しわ》い喜三郎の付け値が、百両ですよ……」

口をひんまげて笑ってみせた。

「喜三郎なら百両で仕入れた品を、たったの二百両で売りはしますまいよ」

「きついことをいうね」

「古物の掛け値は並でも三倍から四倍といいますからね。しかも、この刀の出所は徳川四天王の一人、本多平八郎忠勝さまから拝領したという金箔《きんぱく》つきの曰《いわ》くものですよ」

「わかった。わかりましたよ。……それじゃ、こうしようじゃないか。この天満屋を見込んできてくれた甲州屋さんの顔を立てて、三百両まで出しましょう」

ひと声で百両も上乗せしてきたのだ。

（これは、まだ、いける……）

中間部屋で賭場をひらいていたころの勘でピンときた。

（こいつは、上げ潮だ……）

徳兵衛は強気に出た。

「天満屋さん。この刀の持ち主の井関さんは本多家でも指折りの名門で、禄高は八百石、父御は物頭を務めていたそうですよ。それが牢人して家宝の刀を売ろうというんですからね。そうやすやすとは手放しませんよ」

もったいをつけておいて、

「それに中にはいった、わたしだって少しは儲けさせてもらわなくっちゃ割にあわないというもんです」

「わかったよ。いったい、いくらなら売るというのかね」

天満屋儀平はいささかムッとした顔になった。

「五百両でいかがです」

「じょうだんじゃない。たかが古ぼけた刀一振りに五百両などという大金がだせますか」

（いまから思えば……）

あそこが正念場だったような気がする。

よっぽど、そのあたりで手打ちにしようかと迷ったが、いつもは滅多に動じることのない宗九郎が茎をあらためたときの［人］の一字を見た目が、

（どうにも、気になった……）

そこで、もう、ひと押ししてみたところ、

「わかりました。こうなったら、わたしも意地だ。四百五十両までだしましょう。こっちも本阿弥家の折り紙をつけなくっちゃ箔がつきませんからね。それにかかる入費をさし引かせてもらいましょう。これ以上はビタ一文だしませんよ」

（ここらあたりが引けどきだ……）

下手をすれば虻蜂《あぶはち》とらずになる。

「ふふふ、四百五十両なら御の字というもんだ」

徳兵衛はニタリとした。

（さてと……）

あとは牧村与平治に約束した、三人の仲間の牢人の仕官話の始末をどうつけるかだけだった。

## 八

「中間あがりの口入れ屋めが、たかが刀一本に四百五十両とはよくも吹っかけてくれたものだ」

天満屋儀平は床の間の刀架においた古ぼけた黒鞘の刀に目をやりながら、いまいましげに舌打ちした。

この居間は京風に藤畳を敷きつめ、まわりには簾障子《すだれしょうじ》を立てまわしてある。

簾障子越しに打ち水をした中庭が透けて見え、心地よい涼風がさやさやと流れこんでくる。

　それでも耐えがたいのか、儀平はせわしなく扇子を使っていた。

「番頭さん。ほんとに、あの刀にそんな値打ちがあるのかね」

　かたわらにひかえていた番頭の古賀宗九郎をじろりと見やった。

「わたしには五両でも高すぎる代物に見えるがな」

「わたしを信じていただくことですね」

　宗九郎はやんわりと儀平をなだめた。

「使いようによっては、あの一振りの刀がこの天満屋に数万両の利益をもたらしてくれるとしたら、四百五十両の元手など安いものではありませんか」

「数万両……そりゃほんとかね」

「ともかく、これを本阿弥家にもちこんでみることです」

　宗九郎は床の間の刀架から刀を取り、鞘を払うと、目釘を抜いて茎に刻まれた［人］の一字を儀平にしめした。

「おそらく鳳来堂の喜三郎が百両の買い値をつけたのは、この［人］の一字に目をつけたからですよ」

「わからんな。まさか、それが村正の銘というわけじゃないだろうね」

「むろん、銘ではありませんが、銘よりも価値のあるものです」

「なんだって……」

「たしかに村正の作刀というだけでも数百両の値打ちがありますが、この［人］の一字が刻まれた村正の作刀は天下にただひとつのものです」

「その刀が天下にただひとつしかない代物だというのか」

「さよう」

宗九郎はきっぱりとうなずいた。

「この［人］のほかに［天］と［地］の文字を刻みつけた村正がありますが、もし、それが三振りそっくり揃えばいかほどの高値がつくか見ものでしょうな」

「ふうむ……」

儀平はおもわず絶句したが、

「しかし番頭さん。いくら村正が名刀だといっても、武家のあいだでは徳川家に仇《あだ》なす妖刀だといって忌《い》み嫌うというじゃないか」

「なに、それは表向きのこと、現に本多家の家臣が先祖伝来の家宝にしてきたではありませぬか」

「うむ、うむ……」

「徳川家が妖刀あつかいしてきたため、村正を所有していた武家は銘を鑢《やすり》でつぶしたり、秘蔵していることを隠して手放す者がめったにおりませぬ。売り物が少なければ値段が高騰するのは自明のことです」

「たしかに、な……」

「いまは徳川の天下となって三百諸侯はいちおう徳川に忠誠を誓ったふりをしておりますが、面従腹背は世の常、西の島津、毛利はもとより、東の伊達や上杉などは衷心《ちゆうしん》から服従しているわけではありませぬ。徳川家が妖刀と忌み嫌えば嫌うほど欲しがる大名家は十指にあまるでしょう」

宗九郎は皮肉な薄笑いをうかべた。

「しかも、この天地人の文字を刻んだ三振りの刀を鍛えるようもとめたのは足利幕府のころ鎌倉公方に任じられていた足利持氏だと伝えられております」

「な、なんじゃと……」

「持氏は［天］の一振りを帝《みかど》に献上するつもりだったといいますが、時の将軍・義教《よしのり》とおりあいが悪く、永享の乱を起こしたものの、利あらず自害し果てましたゆえ、［天・地・人］三振りの村正は、いまだに行方知れずになってしまっているとのことです」

「ううむ……その、はなしが真《まこと》のことなら、まさに妖刀じゃな」

「なんの、伝説の真偽などはどうでもよいことでしょう。そういう伝説がつきまとうだけでも、ひとは是が非でも我が物にしたいと思うものですよ」

「うむ、うむ……番頭さん、これは、もしかすると天満屋にとって途方もないお宝になるかも知れないね」

「…………」

古賀宗九郎は無言のまま深ぶかとうなずいた。

# 第六章　罠

## 一

平野町は深川を東西に流れる仙台堀に架けられた海辺橋と、亀久橋のあいだに沿った細長い町である。

町の北側には大名家の下屋敷や蔵屋敷の土塀がえんえんと連なり、さらにその北側には浄心寺や霊岸寺などの大寺が甍《いらか》を競いあっている。

おまけに、ここは木場にも近く、食い物屋、飲み屋、舟宿が軒をつらねて一日中、人の往来が絶えることはない。

甲州屋徳兵衛が妾《めかけ》のおけいにやらせている舟宿「ひらの」は海辺橋に近く、江戸湾の魚を目あてに釣り舟を頼む客も多く、飲み屋の酌取り女中がチョンの間稼ぎの売春に使うにも便利なことから夜中すぎまで繁盛していた。

おけいは今年で二十七になる。

上総の川船頭の娘で十六のときから永代寺の門前町で茶汲《ちゃく》み女をしていたが、二年前、徳兵衛に見こまれて「ひらの」の女将《おかみ》になった。

おけいは小麦色の肌に満月のようなまんまるな顔、鼻翼もしっかりと左右に張りだし、どんぐりのようにおおきな双眸《そうぼう》をしている。

醜女《しこめ》というほどではないが、まちがっても美人の部類にははいらない。

ただ、天性の愛嬌《あいきょう》があり、仕事ぶりもまめまめしく、主人から可愛がられていたが、身の丈が五尺七寸（約百七十センチ）もある。

徳兵衛は根がケチだけに、いくら器量よしでも金のかかりそうな女には目もくれず、もっぱら岡場所の安女郎専門だったが、おけいのたっぷり量感のある腰まわりと、骨身を惜しまぬ働きぶりが気にいって妾にし、平野町に舟宿を買い、おけいにまかせることにしたのだ。

徳兵衛はこれまでも妻をもったことは一度もない。

幼名は徳助《とくすけ》といい、母親は浅草広小路の水茶屋で茶汲み女をしていたが、だれが父親だかわからないままに徳助を産み落とし、徳助が七つのとき、またまた何者か素性もわからない男と駈け落ちしてしまったという。

大家の肝煎りで寺の小坊主にしてもらったが、十五のときに芸者あがりの梵妻《ぼんさい》（僧侶の女房）に夜這いをかけられた。

梵妻は四十に手がとどこうかという大年増《おおどしま》だったが、徳助にとってははじめての女体である。

夜毎、忍んでくる梵妻の熟れきった女体の虜《とりこ》になってしまった。

徳助は十五にしては躰も頑健で精も強く、

「これじゃ、腰がぬけちまうよ」

と好色な梵妻を狂喜させた。

そのうち梵妻は夜這いだけでは飽きたらず、和尚の留守を狙っては徳助を庫裏《くり》や寺の裏山に誘い、昼間からあられもない痴態をくりかえしていたが、半年とたたぬうちに現場を和尚に見つかってしまった。

この梵妻は下の口も達者なら、上の口もしたたかで、

「はじめは昼寝をしているところを、この子に押さえこまれてしまってどうしようもなかったの。それからも和尚さまにバラすと脅されてしかたなかったんですよ。まだ毛もろくすっぽ生えそろってない小僧っ子のくせに、末恐ろしいっちゃ

ありゃしない」

そんなことを、いけしゃあしゃあと言い張った。

和尚はふたまわりも年下の梵妻の尻に敷かれっぱなしだったから、一も二もなく鵜呑《うの》みにし、

「このガキめが。恩を仇《あだ》でかえすような真似をしくさって……」

着のみ着のままで徳助をあっさり寺から追い出してしまった。

徳助は口入れ屋の世話で商店の丁稚《でっち》をしているうちに大名屋敷の中間頭《ちゅうげんがしら》に誘われるまま、徳兵衛と名もあらためて渡り奉公の中間をしていたが、そのうち中間部屋でひらかれる賭場の仕切りをまかされ、賭場の客相手の小金貸しで儲《もう》けた銭を元手に口入れ屋をはじめ、いまの「甲州屋」の土台を築いたのである。

世の中の垢《あか》を嫌というほどなめつくしてきただけに、

——銭が命。

という男である。

徳兵衛にとって「女」というのは、嘘でかためたような生き物で、

(うかうかと信じた日には、ケツのケバまでひんむかれるのがオチだ)

そう公言してはばからない。

ことに、なまじ器量のいい女は、男を食い物にして生きているような化け物ばかりで、徳兵衛に言わせれば、

(醜女《ぶす》も別嬪《べっぴん》もすっぽんぽんにひんむいちまえば、毛饅頭《けまんじゅう》の味にかわりなんぞありゃしねぇ)

ということになる。

徳兵衛は岡場所で売女を買うときも、器量が悪くて、あまり客のつかない女を抱くことにしていた。

そういう女は値も安いわりに客あしらいがよく、床上手なことが多い。

それに、この徳兵衛、人一倍、情欲が強く、もう六十路《むそじ》に手がとどこうかという歳だが、二日も女を抱かない日がつづくと頭痛がしてくるタチである。

おまけに精が強いから、たてつづけに二、三度は気をやらなければ女を離そうとしない。

いくら売女でも、それでは身がもたないというので徳兵衛の相手になることを嫌うものもいた。

それが徳兵衛にはいまいましい。

おまけに岡場所の女はそれなりに金がかかるし、相手かまわず股座《またぐら》おっぴろげ

る売女はなんとも味気がないものだ。

といって、女房をもつ気はさらさらなかったから、

（どこぞに銭があまりかからず、躰が丈夫な女はいないものか）

などと虫のいいことを考えていた矢先、おけいに目がとまったのである。

おけいは大女にはちがいないが、脂ぎった肥体ではなく、でっちり鳩胸の腰高な躰つきをしている。

この手の女は釣り鐘とおなじで、撞《つ》けば撞くほど、

（いい音色……）

をさえずる、床上手が多い。

おけいは、それにぴったりの女だった。

茶店の主人に打診してみると年期奉公はすぎているから、本人さえ「うん」といえばいいという。

早速、おけいに直談判して、舟宿の女将にしてやるうえ、年に二十両の手当を出すと切りだしたら、一も二もなく承知した。

おけいも二十五の歳まで、まるきり男と縁がなかったわけではない。

もともと茶汲み女は、客に色を売るのが商売である。

おけいのような大女が好みという客もいたし、顔馴染《かおなじ》みの客のなかには銭金ぬきで枕をかわした男も何人かいた。

だから妾になることに、さほどためらいはなかった。

しかも、年に二十両といえば、ちょいとした店の番頭並みの給金である。

月囲いの妾でも月に二両か三両が相場だし、口入れ屋に払う仲介料を引けば一両二分しか手取りはない。

おまけに月囲いの妾は、お払い箱になった後、すぐに旦那の後釜が見つからないときだってある。

それにくらべれば舟宿の女将にしてくれて年に二十両の手当てをもらえるというのは、茶屋女のおけいにはタナボタのような話だった。


また徳兵衛のほうも岡場所に落とす金を考えれば、年に二十両の金で好きなときに女体を抱けるうえ、舟宿からあがる儲けを考えれば損はないと算盤をはじいてのことだった。

徳兵衛は大名屋敷の渡り中間奉公から身を起こし、金貸しになり、甲州屋の主人におさまったほどのやり手だけに人を見る目もたしかだった。

おけいは客あしらいにもソツがなく、おおきな躰をこまめに動かしてよく働くばかりか、女郎も音《ね》をあげるほど精の強い徳兵衛をして、

（これは、拾い物だったわい……）

と唸《うな》らせるほどの上玉だった。

おけいは、俗に「巾着開《きんちゃくつび》」とも「蛸壺《たこつぼ》」ともいう、男を狂喜させる道具をもっていたのである。

徳兵衛は口入れ稼業を表看板にしているが、裏では高利貸しや、月ぎめの妾奉公の斡旋《あっせん》や、女郎の売買もする。

しかも徳兵衛は表看板の「甲州屋」の仕切りは牧村与平治にまかせて、裏の商売はもっぱら「ひらの」ですることにしたのである。

店の主人はおけいにしてあるから、万が一、幕府《こうぎ》のお咎《とが》めがあっても徳兵衛に火の粉はかからない仕組みにしてあるばかりか、隠し金庫の鍵はちゃっかり徳兵衛がにぎっている。

おけいを気にはいっているが、腹の底から信じているわけではない。

そのため徳兵衛は子飼いの番頭である市造《いちぞう》を「ひらの」に移し、ぬかりなくおけいの監視役につけてある。

## 二

この日、八つ半（午後三時）すぎに「ひらの」にもどってきた徳兵衛は店の奥に建てた離れ部屋にこもると、床の間の床板をはがした。

床板の下には半畳余りの石造りの隠し金庫がある。

この隠し金庫のことは、おけいにも、市造にも教えてはいない。

徳兵衛はしばらく思案していたが、天満屋からうけとってきた四百五十両のうち三百両をおさめ、床板を元通りにはめこんだ。

「ふふ、ふ。これでよし……」

にんまり、ほくそ笑んだ徳兵衛は市造を呼んで何事か言いふくめた。

「いいかい。せんせいには駕籠《かご》できてもらうようにするんだよ」

「わかっております」

「あ、それから出かける前に、おけいに来るように言っとくれ」

市造が去って待つほどもなく、おけいが酒の支度を手にやってきた。

「おお、よう気がきくの。よしよし、さ、おまえも一杯やりなさい」

「だって、まだ日も高いのに、もし、お客さまが見えたら……」

「いいから、いいから……客なんぞ店の者にまかせておくがいい。今日はたんまりと儲かったからの。おまえにもすこしお小遣いをあげよう」

気前よく三両もはずんだ。

「あれ、ま、こんなに……」

「おまえも舟宿の女将だからね。たまには着物の一枚、帯一本でも買って身綺麗にするがいい」

徳兵衛、いかつい顔に似合わぬ猫なで声になると、おけいの腕をかいこむなり、ぐいとおけいを引き寄せた。

「旦那さま……なんですよう。こんな真っ昼間から」

「ふふふ、昼間のあれも乙なもんさ。な、な、こういうときはな茶臼にかぎる。さ、向こうを向いて……わしの股のあいだにすっぽり腰をおろして……ほれ、裾が皺にならねぇように、こう、まくりあげて、な」

「そんな……恥ずかしいよう」

「なにが恥ずかしいものか。……わしは、おまえの……この、すべすべして、むちりとした臀《しり》をやわやわと撫ぜているとな……ほれ、このとおり伜《せがれ》めがむくりと目をさましてくる」

「ま……いやな」

「なにがいやなものか。おまえの好物じゃないか」

「そげなこと……おらは、こんげな恐ろしげなもの」

おけいは徳兵衛とふたりきりのときは、ふだんはめったに使わない房州なまりを口にする。

「なにが恐ろしいものかね……これを、ほれ、こうすると……お、おお、もう、このように臍《へそ》の下まで露《つゆ》だくじゃないか」

「やだ、もう、こっぱずかしいよう……」

「ふふふ、ここを、こうするとな……おまえのここが、ほれ、こういうぐあいにぎゅっと……おお、おお、こりゃたまらん」

徳兵衛、柄にもなく声をうわずらせ、おけいの太やかな臀をうしろから抱えこみながら、ゆっさゆっさとゆすりあげる。

おけいもたまらず臀をもちあげ、石臼でも挽《ひ》くようにせわしなく回す。

なにせ、徳兵衛は二十貫、おけいも十八貫の肥体である。

ふたりが組んずほぐれつして、のたうちまわるたび、床下の根太がギシギシと悲鳴をあげる。

「う、ううっ……おらは、もう、もう、もう」

「おう、おう……お、おけい」

ふたりとも、あたりかまわぬ唸り声をあげる。

店の者は馴《な》れっこになっていて、

「あれ、また、大相撲がはじまっちまったよ」

「そのうち床板が抜けちまうぜ」

くすくす忍び笑いしていた。

三

使いにだした市造が、迎えにいった客をのせた町駕籠につきそい、「ひらの」にもどってきたのは黄昏《たそがれ》ちかい七つ半（午後五時）ごろであった。

町駕籠から降りたったのは仙台平の袴《はかま》をつけた筋骨たくましい侍だったが、この夏のさなかに白絹の気儘頭巾《きままずきん》をつけている。

侍は大刀を片手に市造がさしだした雪駄《せった》に白足袋《しろたび》の足をのせ、あたりを見回すと「ひらの」の暖簾《のれん》をくぐった。

待っていたようにおけいが髪のほつれをなおしながら奥から迎え出た。

「これは高山先生。このお暑いのにお呼びだてしてすみませんねぇ」

「うむ……」

奇怪なことに、この侍は店内にはいっても気儘頭巾をつけたままで、おけいに案内されて奥の離れ部屋に足を運んだ。

「こちらでございます」

おけいがうながすと、

「ごくろう……」

じろりとおけいを一瞥《いちべつ》し、顎をしゃくるなり障子をピシャリとしめて部屋に足を踏みいれた。

徳兵衛は大あぐらをかいて汗まみれの胸前をおしはだけ、せわしなく団扇《うちわ》を使っていたが、

「お、こりゃどうも……」

急いで胸前をかきあわせ、

「せんせい、なんだって、また、そんな頭巾なんぞ……」

けげんな目になった。

「これを見ろ。徳兵衛」

侍が腹だたしげに気儘頭巾をむしりとった。

「せ、せんせい……い、いってぇ、どうなさったんで」

徳兵衛は目をひんむいた。

なんと頭巾の下の侍の頭から左側の顔にかけて痛々しく包帯が巻きつけられているではないか。

「ふふ、高山左源太。一生の不覚だったわ」

口をひんまげて左源太先生、吐き捨てるように自嘲した。

「あの痩《や》せ牢人めが！」

「へええ、せんせいがてこずるとはめずらしいことで……」

「もういい。そのことはもういうな」

左源太はじろりと徳兵衛を睨《にら》みつけ、

「それより、早く用件をいえ！」

「へ、へい……」

徳兵衛、用意してあった小判の袱紗《ふくさ》包みをさしだし、

「また、カモが舞いこんできましたんで……」

「ほう。仕官話の餌にくいついてきた牢人者だな」

左源太は袱紗包みをひらいて金額をあらためた。

「三十両というと、三人分だな」

左源太は無造作に袱紗包みを懐中にねじこんだ。

「で、そやつら、こっちの腕のほうはどうなんだ」

「そのことなんですがね。なんでも三人とも、ヤットオのほうはなかなかの腕だそうですよ」

「おもしろい。すこしは骨のあるやつでないと門弟どもも斬るのに張り合いがなかろう。なに、いまどきの道場剣術など棒振り踊りのようなものだ」

「じゃ、いつもの手筈《てはず》で……」

「うむ。いちおうは仕官話らしいかっこうをつけぬとな」

「そのこと、そのこと……また、菅野《すがの》さまにどこぞの藩の留守居役にでも化けていただいて」

「ふふ、菅野は剣術のほうはからきしのくせに、吉原通いの度が過ぎて藩からお咎めを食った遊び人だけのことはある。そのあたりの芝居にぬかりはない」

「へへ、なにせ、この世知辛《せちがら》い世の中に袖の下で仕官がかなうなどという甘い話を真にうけるような田舎者でござんすからね。先生方の手でうまく料理しておくんなさい」

「それにしても、この三十両のほかに、おまえのほうでもたんまり上前をはねたろうが」

「上前をはねるなぞと、滅相《めっそう》もない。ほんの手間賃で……」

「なにが手間賃だ。おまえなら、ぬかりなく一人頭二、三十両……いや、もっと抜いたろう」

「ご、ごじょうだんを……」

「ま、いい。それにしても、そやつら牢人者の分際で、よくそんな大金が出せたものだ。さしずめ女房か娘でも女衒《ぜげん》にたたき売ってひねりだしたのか」

「いえね。それが仲間の牢人者の一人が先祖伝来の家宝とかで、村正とやらいう、めったにねぇ刀をもってやしてね……」

「なにぃ!?……村正だと」

左源太の顔が一変した。

「へ？　へい……それが、なにか」

「おい、もしやして、そやつ、井関十郎太ともうす越後村上藩の牢人者ではないのか」

「え……へ、へい。ですが、どうして、また」

「うるさい！　よけいな詮索は無用だ」

左源太は一喝して膝をのりだした。

「その村正。きさまがもっておるのか」

「い、いいえ。滅相もない。そいつを売り払ったからこそ、こうして先生に三十両もの始末代を出せたんじゃありませんか」

「売った。……どこの、何者にだ」

「せ、せんせい、そいつはちょいと……」

「言え！」

左源太、かたわらの大刀をひきつけて威嚇《いかく》した。

「言わねば、きさまの、その素っ首、撥ね斬ってくれるぞ」

「ちょ、ちょっと待ってくださいよ。そんな無体な……」

「無体は承知のうえだ。いいか、甲州屋……おれの、この顔の刀傷はな。そやつと斬りあった痕だ」

「ええっ……」

徳兵衛、息を呑んでまじまじと包帯に包まれた高山左源太の顔を見つめた。

「さ、もうせ。だれに、あの村正を売りつけた」

「へ、へい。……わ、わかりましたよ」

徳兵衛が観念してうなずいたとき、ふいに左源太が腰をあげ、廊下に面した障子を刀の鐺《こじり》で押しあけると、鋭い目で中庭を見渡した。

「どうなすったんで……」

「いや……なにやら人の気配がしただけだ」

「へへへ、ご心配にゃおよびませんや。用がすむまでは猫の子一匹よりつかねぇようにいいつけてありますからな」

「うむ。どうやら気のせいだったらしい」

左源太は障子を元通りにしめて座にもどった。

「よし、だれに村正を売りつけたか聞かせてもらおう」

# 四

おけいは雪隠《せっちん》の落とし口にしゃがみこんだまま、息を殺していた。

離れの障子がいきなりあいたときは心ノ臓がとまりそうになった。

（もし、あの侍に見つかったら……）

ただではすまないだろう。

高山左源太という名前だけは知っているが、どこの何者かもわからない。

身なりはちゃんとしているが、あの暗く鋭い眼光は人殺しぐらいは平気でしてのける悪党の目付きだと、おけいはおもっている。

この雪隠は母屋《おもや》と離れをつなぐ渡り廊下のあいだにあり、湯殿と隣あわせに造られている。

中庭をはさんで離れの向かい側の母屋にある居間で針仕事をしていたら、急に便意をもよおし、雪隠にはいったのだ。

（わしが呼ぶまで、だれも離れに近づけるな）

そう徳兵衛に厳しくいわれていたから、雪隠にはいるときも音をたてないよう気を使いながらはいった。

用を足しおわって落とし紙をもんでいたら、離れから徳兵衛と高山左源太の密談が聞こえてきたのだ。

密談といっても、小声でしゃべっているわけではなかったから、とぎれとぎれに話の断片が耳にはいってくる。

よくはわからなかったが、ただの商談とはおもえなかった。

（カモがどうの……三十両がどうの、手間賃がどうとかって……いったい、なんのことだろう）

つい好奇心をそそられて聞き耳をたてたが、そのうち高山左源太が声高に徳兵衛を威嚇しはじめた。

なにかを、だれに売ったのかと聞きただしているらしい。

いまは徳兵衛の首を斬ると脅しているようだ。

徳兵衛が銭を儲けるためには天下の御法も平気で破る男だということは、おけいも気づいていた。

もちろん、それが、おけいにかかわりのないことなら知らん顔をしているつもりだった。

（だけど、わたしまで巻き添えになるのは御免だ……）

なにも妾をしているからといって命まであずけたわけじゃない。

（とにかく、いまはここから早く逃げださなくっちゃ……）

雪隠のなかは蒸し風呂のようだし、おまけに落とし口の下の肥壺《こえつぼ》からは糞尿《ふんにょう》の臭気が吹きあげてくる。

蠅や蚊がむきだしのおけいの尻にたかる。

この大便用の雪隠には板戸がついているが、風とおしをよくするために下は一寸、上は二尺あけてある。

しゃがんでいれば外からは見えないが、腰をあげれば板戸の上から外のようすが見えるはずだ。

おけいは中腰になって、おそるおそる板戸の上から外をのぞいてみた。

もう障子はしまっている。

（いまのうちだ……）

おけいは着物の裾をおろし、板戸の取っ手を音がしないよう気をつけてはずすと廊下にでた。

足音をしのばせ、急いで母屋の居間にもどった。

どうやら気づかれずにすんだらしい。

おけいはホッとして胸を撫でおろした。

喉がカラカラになっている。

水を飲もうとおもって居間を出て、台所の土間におりた。

土間の隅の水甕《みずがめ》から柄杓で水をすくい、むさぼるように飲みほしていると、表通りを出商いの鋳掛屋《いかけや》が流していく声が聞こえた。

「あ……」

声に聞きおぼえがあった。

おけいは急いで表に出た。

豆絞りの手ぬぐいを頭に巻きつけ、鋳掛の道具一式を肩にかついだ鋳掛屋が海辺橋を渡っていくのが見えた。

おけいは店の女中に「ちょいと買い物にいってくるよ」とことわって小走りに鋳掛屋のあとを追った。

鋳掛屋は海辺橋を渡ったとっかかりにある正覚寺の門前に道具をおろし、石段に腰をかけて煙管《キセル》の煙草に火を吸いつけながら、おけいが来るのを待ちうけていた。

「これは『ひらの』の女将さん、あっしに鋳掛の御用ですかい」

鋳掛屋はプカリと煙をふかしながらニヤリと笑いかけた。

「もう、仁吉さんたら、こっちはそれどころじゃないんだから」

「なんか、あったのかい」

「ううん。べつに、なにがあったわけじゃないんだけど、ただ、ちょっと気になることを盗み聞きしちまって……」

「ほう、盗み聞きね……」

鋳掛屋の目が細く切れた。

「そいつが気になって、おいらのあとを追っかけてきたんだな」

「え、ええ、まぁ……」

ちょっと言い渋ったおけいを見て、鋳掛屋はちいさくうなずいた。

「いいから言ってみな。おいらと、おけいちゃんは昔っからの古馴染みじゃねぇか。なんだって相談に乗るぜ」

この鋳掛屋、百化けの仁吉だった。

北町奉行所で隠密廻り同心を務める矢部小弥太の下で、探索方の御用を務める根津の嘉平《かへい》の子分である。

本職は猪牙舟の船頭だが、御用向きによっては錠前直し、鋳掛屋、飴売り、下駄の歯入れ屋と変装する器用な男である。

おけいが茶汲み女をしていたころ、何かにつけて相談相手になっていた間柄で、おけいも情がうつり何度か寝たこともある仲だった。

むろん、おけいは仁吉が御用聞きだということも知っている。

「いま、うちの旦那のところに、お武家の客がきてるんだけどね」

「ははぁ、あいつのことか……」

「え、知ってるの」

「ああ、高山左源太ってぇ剣術遣いだろう。あいつは剣術の道場をもっちゃいるが、金になることなら人殺しも平気で請け負うってぇ札つきの悪党よ」

「ま……」

「こういっちゃなんだが、おけいちゃんの旦那の甲州屋徳兵衛もひとつ穴のムジナみてぇだぜ」

「やっぱり……」

「おけいちゃんが心配することたぁねぇ。どんなことかはなしてみな」

仁吉はあたりに目を走らせ、

「ここじゃ人目につく。おいらについてきな」

おけいをうながして正覚寺の境内の本堂裏に連れこんだ。

頭上から蟬《せみ》しぐれの音が降るように聞こえるが、人影ひとつ見えない。

「さ、ここならしんぺぇねぇ」

「え、ええ……」

おけいは妾になったものの、徳兵衛がなにやら物騒なことにかかわっているらしいことに気づいてからは怖くなってきていた。だからといって打ち明ける身寄りもなかったが、さっき厠《かわや》のなかで密談を盗み聞いてからは居ても立ってもいられなくなった。ひとりで思い悩んでいたちょうどそのとき、表通りを「鋳掛屋でございぃ」という昔馴染みの仁吉が触れ歩く声を聞いて夢中で飛びだしてきたのだ。

仁吉にはげまされるまま、おけいは厠で小耳にはさんだことを、とぎれとぎれながら仁吉にぶちまけた。

「ふうむ。カモに……手間賃が三十両……先祖伝来の家宝ねぇ。まるで謎かけみてぇな話だが、そこに、あの高山左源太がからんでるとなりゃ、こいつは、なにやら血腥《ちなまぐさ》い気がするぜ」

仁吉はおおきくうなずいて、ポンと胸をたたいた。

「よし、あとはおいらにまかせときな。おけいちゃんはいままでどおり、知らん顔して、徳兵衛の機嫌をとってるんだな」

「そんな機嫌をとるだなんて……あたし、もう旦那にさわられるだけでも身震いしてきそうだっちゃ」

「ふふ、ひさしぶりにおけいちゃんの房州なまりを聞いたな。おいらも上総の生まれだからよ。房州なまりを聞くとホッとするぜ」

仁吉はしげしげとおけいを見つめ、

「そういゃ、おけいちゃん、ちょいと見ねぇうちにやけに色っぽくなったたな」

「やだ、もう……」

おけいは十七、八の小娘のようにはにかんで身をよじると、すくいあげるような目を向けた。

「ねぇ、仁吉さんは……もう、おかみさん、もらったの」

「へっ。おいらみてぇに三十越してもふらふらしてるような風来坊のところに嫁にくるような物好きな女なんぞいやしねぇよ」

「そう……」

おけいはそっと手をのばして仁吉の手をつかんだ。

「今度、どっかで会ってくれない」

「え……」

「おかみさんにしてくれなんて図々しいこと言わないから、ね、いいでしょ」

「おけいちゃん……」

仁吉はごくんと唾《つば》を飲みこむと、ぐいっとおけいの手を握りかえした。

「ほんとに、おいらみてぇな男でいいのかい」

「そんな……あたし、むかしっから仁吉さんのこと好きだったの」

「おけいちゃん……」

仁吉はおけいを抱きすくめ、ぽってりとした唇をおもうさま吸いつけた。

「この一件のカタがつくまで辛抱してくんな。な、そしたら……」

おけいは夢中でうなずくなり、ひしと仁吉の胸にしがみついた。

おけいのふとやかな躰が、小雀のように震えていた。

## 五

おけいは正覚寺の境内で仁吉と別れ、胸をはずませながら海辺橋を渡った。

(まさか……)

仁吉が前まえから好いていてくれたなんて、

(嘘みたい……)

とっさには信じられなかったが、

「おれは本気だぜ。ああ、ずっと前っから女房にするんなら、おめぇみてぇな女がいいとおもってたんだ。おめぇといっしょにいるとよ、なんてぇのかな。こう、ふんわりした気分になって嫌なことも、つらいことも忘れちまうのさ。……けどよ、おれは糸の切れた凧《たこ》みてぇなところがあるし、銭にゃとんと縁がねぇから、女房になってくれなんて言えやしなかったのさ」

そう言ってまぶしそうな目をして照れ臭そうに笑った。

その目に嘘はないと、おけいはおもった。

海辺橋を渡り、仙台堀を右に沿っていくと「ひらの」だが、おけいはまっすぐつっきって牧野《まきの》備前守《びぜんのかみ》下屋敷を右におれ、浄心寺の境内に向かった。

このまま店にもどる気にはなれなかったからである。

浄心寺の境内にある茶店の縁台に腰をおろし、お茶と串団子を頼んでから境内に群れる鳩をぼんやり眺めた。

「あと半月か十日、辛抱してくんな。いま、おけいちゃんが『ひらの』をとびだして、おいらのところにきたら、甲州屋はだまっちゃいないだろう。そうすりゃ、これまでの探索が水の泡になる。つらいだろうが、我慢してくれ」

そう、仁吉は言った。

(仁吉さんは本気で、あたしを女房にしてくれるつもりなんだ)

おけいはうれしくて胸がつまりそうだった。

おけいは二十七になるまで、ただ食べるためだけに生きてきた。

だから六十に手が届こうかという徳兵衛の妾になることにもそれほど抵抗はなかった。

人並みの幸せなんか、自分には縁のないことだとあきらめていたのだ。

――それを、おもえば……、

(半月や十日の辛抱ぐらい、なんでもないわ……)

仁吉との仲は、おけいがまだ茶屋女をしていた二十二のとき、仁吉に芝居見物に誘われたのがきっかけだった。

仁吉は背丈もあり、がっしりしているし、身ごなしもいなせで、女にはもてる

男だったから、誘われたときは、

（どうせ気まぐれだろうけど……）

それでも、仁吉と逢いびきする、とおもうだけで胸がときめいた。

芝居小屋は舞台の幕があがると、いっせいに客席の灯が消される。

舞台の役者がひきたって見えるようにするためだ。

おどろいたことに薄暗くなった桟敷席のあちこちで男と女が肩を寄せあい、口を吸ったりしていちゃつきはじめたのだ。

なかには女の襟ぐりから手をいれて乳をいじったり、裾前をかきわけて愛撫しあったりするものまでいる。

唖然としているうちに、おけいも仁吉に肩を抱きよせられ、アッという間に口を吸われていた。

ひそかに仁吉を好いていたおけいは舞台などそっちのけの夢心地のまま、仁吉の愛撫に身をまかせた。

帰途、芝居小屋の近くの待合茶屋で仁吉に抱かれた。

無我夢中の一刻がすぎてから、

「おめぇ……はじめてだったんだな」

仁吉はおどろいて「すまねぇ」とあやまったが、

「いいの。そんなこと気にしないで……」

茶屋女は客をとるのが商売。それが、これまで男を知らずにきたのは、自分が並みの男よりも背が高く、おまけに不器量だから男から相手にされなかっただけのことだとおもっていた。

とはいっても、おけいも一人前の女である。

男なんか欲しくないといったら嘘になる。

いつかは、だれかに抱かれるだろう。

(でも、どうせ抱かれるなら、すこしはましな男に抱かれたい)

十五、六のころから密かにそうおもっていた。

その初めての男が、かねてから好意をいだいていた仁吉だったから、おけいは心底うれしかった。

それがきっかけで、何度か仁吉に誘われて抱かれるようになった。

ただ、仁吉は百化けという二つ名をもつ下っ引きだけに、暇もなければ銭もない。年中ピイピイしていたから、会うのはせいぜいが月に一度か、ふた月に一度ぐらいのもので、ときによっては半年も顔を見せないこともあった。

会っても甘い言葉をかわすわけではなく、せわしなく躰を重ねあうだけのことだった。

だから、おけいは仁吉とのことは、

(それだけの仲なんだ……)

と、割り切ることにしていた。

そのせいというわけでもないが、おけいも、ときたま客に誘われるまま寝たことは何度かある。

銭が欲しかったわけではないが、一度、めざめた女の官能がときおり男の愛撫をもとめて疼《うず》いたからだ。

徳兵衛の妾になるのを承知したのも、

(どうせ、あたしを女房にしてくれるような男なんかいやしない……)

そう、おもっただけのことだ。

(でも、仁吉さんは本気だったんだ)

それがわかって、おけいもようやく人並みの女の幸せがつかめそうな気がしてきた。

おけいが足取りも軽く店にもどると、おうらという通いの女中が急いでそばに寄ってきて、

「旦那さんが女将さんがもどったら、すぐに離れにくるようにって……なんだか怖い顔でしたよ」

そっと耳打ちしてくれた。

「きっとお帰りが遅かったから機嫌が悪いんですよ。うちの宿六《やどろく》だって、あたしがちょいと買い物で遅くなろうもんなら、もう大変。どこで油売ってやがったって茶碗投げるんですから、ほんと身勝手だったらありゃしない」

おうらは子供を二人かかえているうえに、亭主が短気者だから、おけいもできるだけ早く帰れるように日頃から気配りをしてやっている。

徳兵衛も見かけによらず嫉妬深く、おけいが外出するのを嫌う。

急いで離れに足を運ぶと、徳兵衛と高山左源太のほかに番頭の市造がいた。おけいが座敷にはいるなり、市造が立ってきて障子をピシャリとしめきった。

なにやら不穏な気配だった。

「買い物にいったそうだが、ずいぶん手間取ったもんだな」

徳兵衛が抑揚のない声で問いかけた。

「ええ。櫛《くし》を買おうとおもったら、なかなかいいのがなくて……」

「ほう。……櫛を買うのに正覚寺にいったのかね」

「え……」

「境内の隅で男としんねりと口を吸いあってたそうじゃないか」

「え……」

「嘘をついたってだめだ。ちゃんと市造が見ていたんだからな」

おけいは「アッ」と息をつめ、市造をみた。

市造は冷ややかな薄笑いをうかべ、おけいを見返した。

おけいは目の前が真っ暗になった。

「この売女《ばいた》めがっ」

徳兵衛の顔が憤怒に染まった。

徳兵衛は腰をあげるなり、おけいの胸を足で蹴りつけた。

息がつまり、横ざまに転がったおけいを徳兵衛はくりかえし蹴りつけた。

「この阿魔《あま》っ。ようも、このわしをコケにしくさったな！」

徳兵衛はおけいの胸倉をつかんで引き起こし、拳で殴りつけては、またもや蹴り倒した。

おけいの口から血泡が噴きだした。

「いつから、あの野郎と乳くりあってやがったんだ！　ぬかせっ！」

「そ、そんな……乳くりあうだなんて……そげなこと」

「こいつ！　まだ、しらばっくれる気かっ」

徳兵衛はおけいの髷《まげ》を鷲づかみにし、引きずり起こすと、殴りつけ、胸を蹴り、腹を蹴りつけた。

おけいは喉の奥から絞りだすような呻《うめ》き声をあげ、白眼をむいたまま気絶してしまった
「おい、甲州屋。そのへんにしておいたらどうだ。ここで殺してしまったら厄介なことになるぞ」

高山左源太が口をはさんだが、徳兵衛はせせら笑った。

「なぁに、これぐらいのことでくたばるような玉じゃありませんや」

徳兵衛は肩で荒い息をつくと、市造をふりかえった。

「おい！　やれ」

「へい」

市造は腰をあげると手馴れたようすで座敷の角の畳を一枚、こじ起こした。

畳の下には舟板のような厚い板が張られ、縄の取っ手がついている。

市造がその縄の取っ手をつかんで引きあげると、ぽっかりと暗い空洞があいていた。

「ほう。そんな仕掛けになっておるのか」

さすがの左源太も目を瞠《みは》った。

「こういう稼業をしていますとね。こういう仕置き倉を造っておかねぇとならねえんです」

「ふうむ。きさまも相当なワルだの」

「へっ、先生ほどじゃありませんよ」

市造は無造作におけいの両の足首をつかんで、ずるずると穴倉の入り口までひきずってくると、両足首をつかんだまま、おけいの躰を逆さまにし、頭から穴倉の下に吊るして、そのままドサッと落とした。

「いいのか、おい……首の骨でも折ったら元も子もないぞ」

左源太が眉をしかめると、徳兵衛はにやりとした。

「なに、下には藁《わら》を敷いてありますんでね。心配はいりません」

徳兵衛がそういうと、市造は穴倉にかけられた梯子《はしご》を使い、身軽にするすると穴のなかにおりていった。

左源太が穴の中をのぞきこんでみると、薄暗い穴底に手足を投げだしたまま身じろぎもしなくなったおけいの姿が見えた。

「このなかにほうりこんどけば、たいがいしぶといアマでも十日もたちゃ音をあげます」

「それにしても、たかが妾が浮気したぐらいでここまでやることはあるまい」

「わたしだって、ただの火遊びならここまでしやしませんやね。ですが、おけいの浮気相手は目こぼしならねぇ野郎なんで」

「うむ……」

「おけいが口を吸いあってた相手はね。岡っ引きの根津の嘉平の手下で、百化けの仁吉って野郎なんです」

「なに、幕府のイヌか」

「へい。おおかた、おけいが茶汲み女をしていたころからの顔馴染みでしょうがね。おけいが仁吉にどんなことをしゃべってたか、どんなことをしても泥を吐かせなくっちゃならねぇんです」

「ううむ。……そいつはほうっておけんな」

高山左源太の顔が険しくなった。

「よし、すぐにというわけにはいかんが、そいつの始末はおれにまかせておけ」

「やっていただけますんで……」

「おれのところには生身の人間を斬ってみたくてうずうずしてるやつがごろごろしておるからな。金さえやればなんだってやってのける連中だ」

左源太はこともなげにうそぶいた。

「ただし、ちんぴらとはいえ十手《じって》持ちの端くれを始末するとなりゃ、あとあとのこともある。その分、高くつくがいいか」

「そのことなら、まかしとくんなさい。後腐れなく仁吉を始末してくださるんなら、三十両だしましょうよ」

「ほう、気前よく出たな」

「そりゃ、もう……なんたって、おけいと乳くりあってた野郎だ。できることなら、この手で八つ裂きにしたいくらいのもんでさ」

徳兵衛の双眸にめらめらと憎悪の炎が燃えあがった。

# 第七章　悪の連鎖

## 一

「ほう。井関どのに仕官の口が……」

平蔵はまじまじと笹倉新八を見つめた。

その話をもちこんできたのは牧村与平治という越後村上藩の離藩組の仲間だという。

かつては藩の勘定方で能吏だったというだけに十郎太のように武張《ぶば》ったところは微塵《みじん》もなく、腰の低い穏やかな人柄らしい。

牧村はその算盤の腕を見込まれ、口入れ稼業をしている甲州屋に雇われているが、主人の徳兵衛から袖の下を使えば仕官がかなう望みがあると聞かされ、井関十郎太にもちかけたという。

袖の下の金額は二十両なら十石二人扶持《ぶち》、五十両なら三十石というのが相場だということだったらしい。

「とてもじゃないが、われわれにそんな大金が造れるはずがありませんよ。縁のない話だとおもっていたら、井関さんがそれくらいの金なら、ひねりだせるかも知れんと言い出したんですよ」

「ははあ……」

平蔵はすぐにピンときた。

「元金の出所は井関どのが家伝来の家宝、勢州村正ですな」

「いかにも……」

笹倉新八はおおきくうなずいた。

「井関どのの腰の物を、しかるべき筋に売れば二、三百両にはなる。刀一振りで仲間の何人かが仕官できるなら惜しくはないともうされましてね」

「なるほど、井関どのらしいな」

「ですが、いくら天下の名刀とはいっても、この天下泰平のご時世に刀一振りに何百両もの大金をだす者が果たしているかと半信半疑でしたが……」

甲州屋徳兵衛は口入れ稼業だけに顔がひろい、ものはためしと牧村与平治に村

正をあずけたところ、

「おどろきましたな。すぐに三百両で買い手があらわれたんですよ」

買ったのは両替商の天満屋だったという。

そればかりか、話はとんとん拍子にすすんで、その金を使って肥後《ひご》熊本藩の重役を動かし、井関十郎太、梶山勘六、神原杏助の三人の新規召し抱えがきまったのだという。

しかも井関十郎太をはじめ梶山勘六と神原杏助の三人とも、禄高五十石の馬廻《うまわ》り組に召し抱えられることになったのだという。

「ふうむ……」

平蔵、おもわず目を瞠《みは》った。

五十石という禄高はともかく、馬廻り組といえば士分である。

しかも、肥後熊本藩といえば禄高五十四万石、三百諸侯のなかでも群をぬいた大藩である。

遠国ながら九州は温暖の地、井関十郎太たち三人にとってはまたとない春がめぐってきたといえる。

「それは、またタナボタみたいな……や、これは失礼」

平蔵、つい口がすべって苦笑した。

「わたしとても、いまだに半信半疑ですが、すでに三人は熊本藩江戸屋敷の御留守居役倉橋清左衛門《くらはしせいざえもん》さまに目通りをすませたとのことゆえ、まず、まちがいはございますまい」

「ほう、留守居役……ですか」

藩の留守居役というのは藩主不在の藩邸では江戸家老に匹敵する重職だが、本来は幕府や他藩との折衝《せっしょう》にあたる、いわば藩の外交官である。

そういう人物が藩士召し抱えに乗りだしてくるということがあるのだろうか、と平蔵はちょっとひっかかった。

しかし、この件は袖の下を使った、いうなれば裏取り引きのようなものだ。

——と、なれば……、

（ありえない話でもないな……）

と思いなおした。

笹倉新八が聞いたところによると、正式には領国熊本に帰国中の藩主が参勤交代で出府してくる秋まで待たなければならないが、それは形式だけのことですむと倉橋清左衛門はこともなげに確約したという。

「ほう、それは、ともあれ、めでたい。……これは、ひとつ祝宴をもうけずばなりませんな」

「はい。実は、今日、おうかがいしたのはそのことでして……」

笹倉新八はきちんと膝をそろえてあらたまった。

「井関さんも、神谷さんや矢部さんには何かとお世話になったので、是非、宴席をもうけて御礼をもうしあげたいともうしております」

井関十郎太の希望によると、宴席は「味楽」、時刻は今日の七つ半（午後五時）ということでどうだろうということだった。

「なにせ、井関さんは思いたったら待ったなしの気性ですから……」

笹倉新八は苦笑した。

むろん平蔵は異存はなかったが、

「それはともかく、笹倉どのと牧村どのは蚊帳《かや》の外になっているようだが、それでよいのかな」

「いや、そのことなら、ご懸念は無用……」

笹倉新八は屈託のない明るい顔でうなずいた。

「わたしは、いまさら、さよう、しからばの窮屈な城勤めはまっぴらですし、牧村さんも甲州屋で算盤をはじいているほうが性にあっているというので、はじめから外してもらうよう井関さんに伝えてありましたから……」

「だが、牧村どののはともかく、笹倉どののは念流の免許取りだと聞いている。それが検校の用心棒でおわるには惜しいとおもうが」

「なに、剣術遣いなどというものは、とどのつまりは主人の身を守るための用心棒みたいなものでしょう。守る主人が何十万石の大名だろうが、日本橋あたりの富商だろうがたいして変わりはありませんよ」

「ほう……」

暴論のようだが、新八の言はあたらずとも遠からず、武士というものの本質をついている。

雇い主が大名だろうが、商人だろうが、剣をもっておのれの雇い主を守るということにおいてはなんら変わることはないと、笹倉新八は言ってのけたのだ。

（この男……）

平蔵は笹倉新八という男をあらためて見直した。

「検校といえば強欲な金貸しのようにおもわれていますが、篠山検校は昔はともかく、なかなかの苦労人でしてね。……子がいないせいか、ことのほかわたしを可愛がってくれて、わたしに死に水をとってもらいたいとまで言ってくれています。世間知らずの殿様よりも、ずんと情がある。しかも手当ては月に三両もくれますから、たまには羽をのばして岡場所で遊ぶこともできます」

なるほど月に三両といえば年に三十六両にもなる。

しかも笹倉新八の場合、家賃、食費は不用の身分だから、手当てはそっくり小遣いのようなものだ。

一人前の職人の賃金は一日に銀五匁《もんめ》四分（五百八十三文）が相場だが、仕事を休む日もあるから年収にすれば約二十六両というところだ。

れっきとした百石取りの旗本も妻子をもち、若党や下男下女を雇えば内所は火の車というのが実情である。

笹倉新八が牧村の仕官話に耳を貸す気にならなかった気持ちが平蔵にもわかる気がする。

「だいたいが、神谷どのにしてからが、しかるべき旗本家の婿《むこ》養子にいける身分にもかかわらず長屋の町医者暮らしを楽しんでおられるではありませんか。それとおなじことですよ」

「いや、べつに楽しんでいるわけではないが……」

「よう申されるわ」

笹倉新八は台所の竈《へっつい》の前でしゃがみこんで頬をふくらませ、火吹き竹を吹いている姉さまかぶりの文乃を目でしゃくった。

「文乃どののような美しいご新造《しんぞ》といっしょなら、少々の苦労など屁の河童《かっぱ》。いや、うらやましいかぎりですよ」

「ま、笹倉さまもお口がお上手ですこと……」

文乃がふりむいて腰をあげた。

「いま、山芋を買ってきて、とろろ飯にしてさしあげますからね」

「おお、そう聞いたら、とたんに腹の虫がさわぎだしましたよ」

笹倉新八は診療が一段落した四つ半（午前十一時）ごろに訪ねてきた。

平蔵は井関十郎太の往診に検校屋敷に何度か通っているうち、笹倉新八が囲碁を好むことから親しくなった。

井関十郎太は傷がなおってから、押上村の開運寺の住職をしている叔父のもとに帰ったが、笹倉新八はそれからも二度、平蔵を訪ねてきて文乃が造る飯を食っては深夜まで囲碁を打ったし、小網町の道場にも顔をだして伝八郎や甚内とも歓談している。

かざり気がなく闊達な気性の新八は、伝八郎や甚内ともすぐに打ち解けあったし、文乃も初対面から笹倉新八のことは気にいって、接待にもこまやかな心遣いをする。

文乃が笊《ざる》を手に山芋を買いに出ていくのを見送って、笹倉新八は羨望《せんぼう》の溜息をついた。

「いや、それにしても、よいご新造をもたれましたな」

「いや、実のところ、文乃は磐根藩側用人の内女中の身分でしてな。まだ、わしと祝言《しゅうげん》をあげたわけではござらん」

「ははぁ……」

笹倉新八はおもしろそうにニヤニヤした。

「つまりは、忍びあう仲ということですかな」

「いや……これには、いささか事情がござってな。主人も承知のうえで宿さがりという名目で、ま、その骨休めにきておるといったところかな」

平蔵、曖昧《あいまい》に口を濁した。

「ほう、主人も承知のうえということなら、いわば公認の仲。早いところ、もらいうけて宿の妻になされてはいかがです」

五歳も年下の笹倉新八に焚《た》きつけられ、平蔵、おもわず苦笑した。

軒先に「病金創《きんそう》　骨折　腫物　よろず診療所」という、もっともらしい看板をかかげているものの、売りあげは豆腐屋の足元にもおよばない。

道場のほうも門弟は目減りするいっぽうで、磐根藩の出稽古料でようやく息をついているありさまだから、平蔵の分配金などさかさにはたいても出るわけがなかった。伝八郎は口癖のように「きさまには医者という稼ぎ口があるからいいのう」とほざくが、近頃は米櫃《こめびつ》の底が干上がることもしばしばで、

（これで、妻を娶《めと》って、もしも赤子でもできた日には……）

それこそ日干しになりかねないのが実情である。


笹倉新八は文乃が用意したとろろ飯を「うまい、うまい」と丼でぺろりと三杯もおかわりをした。

食後に二人で碁を一局打ってから、連れ立って小網町の道場に向かった。

ひところは門弟も三十人を数え、活気があったが、ちかごろは熱心に稽古に通ってくる者は数名にすぎない。

それでも師範の井手甚内は熱心に門弟に稽古をつけていたが、伝八郎は形だけ

稽古着をつけたなりで、あぐらをかいて鼻毛をぬいている。

「おい、師範代がそんなザマでは門弟にしめしがつかんぞ」

平蔵が呆《あき》れて一発かましたが、

「なに、若手をあしらうのは井手さんのほうがうまいからな」

勝手なことをほざいてニヤリと片目をつぶってみせた。

「どうです。笹倉どのも、たまには一汗流されてはいかがかな」

「いや、そういうわけにはいかんのだ」

平蔵が井関たちの一件を話すと、伝八郎はたちまち上機嫌になった。

「なんだ、なんだ。そういうことなら、もっと早く言わんか」

すぐに着替えてくると言って、いそいそと奥の溜まり部屋に消えた。

「まったく師範代があの極楽とんぼじゃ先行きが案じられるな」

平蔵が舌打ちすると笹倉新八がくすっと笑った。

「いま、剣道場はどこでもおなじようなものですよ。なにせ、れっきとした侍が両刀を帯びると腰がふらつくというご時世ですからね」

「ふうむ……刀よりも算盤が大事ということか」

「ま、そういうことです」

「や、や、待たせた」

そこへ剣術のほかに能がないような伝八郎が巨体をゆすって、どたどたともどってきた。

二

まだ約束の七つ半には間があったが、井関十郎太と牧村与平治は四半刻も前から来ていた。

お甲に案内されて奥の座敷に向かうと、井関十郎太は待ちかねていたらしく満面を笑みくずして迎えた。

「よう来てくだされた。こたびはひょんなことから、とんとん拍子に肥後熊本藩に召し抱えられることになりましてな。御両所にはいろいろお世話になったにもかかわらず、お知らせする間もございませなんだ。もうしわけござらぬ」

「なんの、われらは何ひとつおちからになったわけではござらん」

「いやいや、神谷どのが、この家のあるじどのを紹介していただいたのがきっかけでござる。家宝とはいえ、あの腰の物が三百両などという大金になろうとは思いもよりませなんだ」

「笹倉どのに聞いたところによると、あの村正を買いあげたのは両替商の天満屋だったそうですな」

「さよう。仲介してくれた甲州屋によると、天満屋は即金でポンと三百両だしたそうです。……あるところにはあるものですな」

井関十郎太が苦笑いするのを見て、横あいから伝八郎がしゃしゃり出た。

「なぁに天満屋にとっちゃ、三百両などは目糞鼻糞も同然。おおかた村正も公儀のお偉方に献上するつもりなのではないかな」

「おい、伝八郎。あてずっぽうでものを言うな」

平蔵がたしなめたが、伝八郎はこともなげに、

「なにが、あてずっぽうなもんか。天満屋がご老中の井上大和守さまにとりいっては、しこたま甘い汁を吸っておるのは、半ば公然の事実だぞ」

「ははあ、すると、あの村正も、いずれは賄賂《わいろ》の道具に使われるということですか……」

さすがに井関十郎太の眉が曇った。

「ま、ま……そういうこともありうるというだけのことでござるよ」

伝八郎、つるりと顎を撫でてごまかしたが、顔は嘘をつけない。

「ふうむ……」

「ま、それもまたよし、商人の蔵に眠らせておくより、公儀のお偉方の手に渡るほうが、村正も満足ではござらんかな。はっはっは」

伝八郎、こともなげに笑い飛ばした。

「う、うむ。ま、そう言われれば、たしかに……」

井関十郎太が苦笑いしたとき、襖《ふすま》をあけて茂庭十内が顔を見せた。

いつも柔和な十内にしては、表情が曇っていた。

「神谷さま。いま、店に熊本藩の中屋敷で勘定方を務めていらっしゃる並木《なみき》さまというお方がおいでになりまして、井関さまのことをもうしあげたところ、いささか腑《ふ》に落ちないことを耳にいたしましてな」

「うむ。それは、どういう……」

「井関さま……」

十内は目を井関十郎太にうつした。

「さきほど、おうかがいしたところによりますと、井関さまは熊本藩で御留守居役をなさっておられる倉橋清左衛門さまにお目通りなされたということでございましたな」

「いかにも……」

「それは、いつごろでございます」

「三日前の四つ（午前十時）ごろだったが……それが、なにか」

「どこで、お会いになられました」

「顔つなぎに中食を馳走したいともうされて上野黒門町の料理屋『花菱《はなびし》』でお目にかかりもうした」

かすかにうなずいてから十内は深ぶかと溜息をもらした。

「井関さま。せっかくのお祝いの席に水をさすようですが、もしやしたら、この仕官話は眉唾《まゆつば》ものかも知れませぬ」

「十内どの、いったい、それは……」

「並木さまからお聞きしたところによりますと、倉橋さまは十日前から風邪をひかれ、お役宅で御医師の治療をうけ、ご静養なさっておられるとのことです」

「なんですと……」

絶句した井関十郎太の顔から、みるみるうちに血の気がひいた。

三

座が重苦しい空気につつまれていたとき、並木敬助《けいすけ》が女中を通じて井関十郎太たちに聞きたいことがあると言ってきた。

「おお、それは願ってもないこと……あの倉橋どのが偽者だったなどと、到底信じがたい」

十郎太は絞りだすような声でうめいた。

「…………」

平蔵は無言で十郎太を見つめていた。

笹倉新八からこの仕官話のいきさつを聞いた当初から、不審なところが多々あった。

疑念のひとつは、いくら泰平の世の中とはいえ、袖の下ひとつで藩士を召し抱えるということが果たしてありうるだろうかということだった。

さらに、五十四万石の大藩の江戸留守居役ともあろう重役が、いとも気安く一介の牢人者と料理屋で面談するというのも、これまた奇異な話である。

ただし平蔵自身、旗本の次男に生まれたとはいっても若いころから家を出た身でもあり、武家勤めの内情には疎《うと》いことはたしかだった。

それに仕官がかなったと素朴に喜んでいる十郎太たちを前に冷水をかけるような、迂《う》闊《かつ》な口だしはできなかった。

ただ、井関十郎太たちの心中をおもえば、

（この仕官話がほんものであってくれればいいが……）

そう、願わずにはいられなかった。

ほどなく座敷に現れた並木敬助は五十年輩の、見るからに温和な人柄のようだった。

熊本藩邸に勘定方として赴任し二十五年、妻を娶《めと》ったことから町住まいを許され、以来熊本には一度も帰国したことがないという。

いまは勘定方支配の地位にあり、茂庭十内とは二十年来の親交があるというだけでもおよその人柄はわかる。

当然、江戸藩邸内のことは熟知しているし、参勤交替の勤番者とちがって灰汁《あく》ぬけた人物であろう。

「さきほど、それがしが十内どのに申しあげたことに偽りはござらんが、万がひとつにも、当藩の留守居役の名を騙《かた》る者がいたとしたら、これは、おのおのがたはもとより、当藩にとっても由々《ゆゆ》しきことと存じましてな。失礼をかえりみず、お邪魔いたした次第でござる」

さすがに大藩の勘定方支配に任じられた人物だけに、並木敬助の挨拶は礼をわきまえた丁重なものだった。

「ただ、さきほどは倉橋どのが役宅で療養中ともうしあげましたが、なにぶんにも留守居役というのは御用繁多の職務ゆえ、のっぴきならぬ用があれば、ひそかに屋敷をぬけだすこともないとは言えません」

「お……」

「そうなると、もしやして……」

井関十郎太も、牧村与平治も膝を乗りだした。

「いかにも、お手前方が面談されたのが倉橋どのではないとは言い切れぬということでござる」

そう言うと並木敬助は井関十郎太に目をうつした。

「そこで、念のためにおうかがいもうしあげるが、倉橋どのとはどこで会われましたかな」

「たしか、上野黒門町の『花菱』なる料理屋でござった」

「ほう……」

井関十郎太の返事に並木敬助はかすかに首をかしげた。

「なにか、ご不審でも……」

「いや……」

並木敬助はためらいながら、

「できれば、そのときの倉橋どののようすをお聞かせくださらんか」

「さよう……」

井関十郎太はひとつひとつ慎重にことばをえらんで、倉橋清左衛門と面談したときのようすを並木に語った。

井関が神原杏助、梶山勘六といっしょに「花菱」についたとき、倉橋清左衛門は少し早めに来ていたが、三人が遅参したことを咎《とが》めだてすることもなく、終始、笑顔のうちに歓談したという。

「さすがは大藩の御留守居役だけのことはあると感服いたしましたが……」

「そうでしょうな」

並木敬助はかすかにほほえんでうなずいた。

「倉橋どのは留守居役だけに日頃から人あたりのよい御仁《ごじん》でしてな。藩邸で部下が粗忽《そこつ》をしても目鯨《めくじら》たてて叱るというようなことはめったにありません。留守居役というのは交渉事がおもな仕事ですから、そういう面ではうってつけの御仁でござる。ただ、見た目はいささか貧相なのが玉に疵《きず》でしてな……」

並木敬助は苦笑まじりに倉橋清左衛門の人柄を語った。

「いま、貧相……ともうされましたな」

ふいに井関十郎太は眉をひそめた。

「いや、誤解されては困ります。人は見かけによらぬものといいますが、倉橋どのはまさしくそれでしてな。でなければ藩の留守居役などという大役は務まりませぬ」

「しかし、われらがお目にかかった倉橋どのは、上背もあり、品のいい面長《おもなが》の顔で、なかなか恰幅《かっぷく》のいい御仁とお見うけしましたが……」

「ほう、それは……」

並木敬助はまじまじと井関十郎太を見つめた。

「それがまことなら、その者は倉橋どのではありませんな」

「え……」

「このようなことを申してはなんですが、倉橋どのは背丈は五尺たらず、おまけに歳も六十路《むそじ》を越えたせいか、近頃は猫背気味でして、とんと見栄えのしない御仁でござる。ま、人相は俗にいう鼠顔《ねずみがお》というやつですな」

「うっ……」

これほど体型が食いちがっては別人としか考えようがない。

井関十郎太は牧村与平治と顔を見合わせ、絶句した。

「まことにお気の毒としか申せませんが、そもそも藩邸の留守居役は幕閣や他藩とのつきあいが務めゆえ、新しく藩士を召し抱える斡旋《あっせん》をすることはめったにござらん」

さらに並木敬助は言いにくそうにつけくわえた。

「ただ、どなたかの口利きがあれば倉橋どのが乗りだされぬともかぎりませんが、それなら料理屋でいきなり面談されるということは、万にひとつも、ございますまい。まずは藩邸でお目にかかるのが筋というものでござろう」

並木敬助は眉をひそめて、しばらくためらっていたが、やがてゆっくりと井関十郎太を見つめた。

「どういう人物が仲介したのかは存じませんが、これはどうやら、ハナからそこもとたちを騙《だま》そうと企んだ悪辣《あくらつ》きわまりない罠のような気がいたしますな」

「罠……」

井関十郎太は呆然と目を泳がせた。

「しかし……われらのような、その日暮らしの牢人を騙したところで、得るものなど何ひとつありはせんが……」

言いさした井関十郎太はハッと平蔵に目をやった。

「神谷どの。まさか……あの、村正が」

平蔵、深ぶかとうなずいてみせたときである。

あわただしい足音が響いたかと思う間もなく、襖《ふすま》を引きあけて梶山勘六がただならぬ血相で飛びこんできた。

「井関どの！　か、神原さんが何者かに襲われて……斬られました」

「なにぃ！」

笹倉新八は早くも腰の物を手に把《と》り、腰をあげた。

「梶山さん。場所はどこです」

梶山勘六は息をはずませ、

「水戸家下屋敷の先の……三圍稲荷《みめぐりいなり》の前あたりで襲われたらしい」

「それで神原さんは……手傷を負われたのか」

「い、いや……通りすがりの者が、倒れている神原さんを見つけたときは、もはや……」

梶山勘六はそれだけを告げると、

「う、ううっ」

鋭く肩を震わせた。

「笹倉どの。とにかくいってみよう」

平蔵もすぐさま腰の物を手に立ちあがった。

「よし、おれも行こう」

伝八郎も立ちあがり、井関十郎太を見やった。

「井関どの。これは、ただごととはおもえませんぞ」

「う、うむ……」

井関十郎太も血相が一変していた。

平蔵と伝八郎は井関十郎太、笹倉新八、牧村与平治、梶山勘六たちとともに急いで現場に向かった。

# 四

平蔵たちが駆けつけたとき、神原杏助の遺体は三圍稲荷の境内に敷いた筵《むしろ》の上に仰向けに寝かされていた。

平蔵とも親しい間柄である北町奉行所の斧田同心が、しゃがみこんで遺体をあらためていた。

「神原っ」

叫びながら駆けよった井関十郎太は遺体のそばにガクンと膝をつくと悲痛なうめき声をあげた。

「なんだって、こんな……いったい、なにがあったんだ」

笹倉新八は沈痛な表情で遺体を見つめたまま、身じろぎもしなかった。

牧村与平治は蒼白な顔で遺体を見つめたが、あまりにも衝撃がおおきかったのか唇を震わせ、目をそらせてしまった。

突然、号泣が起こった。

遺体の前にへたりこんでいた梶山勘六が、境内の砂利に突っ伏していた。

平蔵は無言のまま、片膝をついて遺体の傷痕をあらためてみた。

曲者《くせもの》の刃《やいば》は右の脇の下からはいり、逆袈裟《ぎゃくけさ》に肋骨を斬りあげている。

肋骨がザックリとめくりあがり、切断された骨が無惨に白く見えていた。

なんとも凄《すさ》まじい斬り口だった。

傷口はそれだけで、ほかには掠《かす》り傷ひとつ見あたらなかった。

神原杏助はほとんど刃をまじえる間もなく斬られてしまったらしい。

「どうやら、出会い頭に不意打ちを食らったらしいな」

「うむ。どうやら、この仏さんは神谷さんたちといっしょに『味楽』でいっぱいやるつもりだったらしい」

斧田同心は遺体を目でしゃくると、手にしていた飛脚便の文をさしだした。

「こんなもんが仏さんの懐中にはいっていたのさ」

それは井関十郎太が神原杏助に今日の会合を知らせるために飛脚に託した書面だった。

「財布も奪られちゃいねぇところを見ると、こいつは物盗り目あての辻斬りじゃねぇな」

「斧田さんは、どう見ているんだ」

「物盗りでなきゃ、この仏さんを狙って待ち伏せしていたとしか考えられん」

「待ち伏せ……」

「うむ。この先の弘福寺の門前町に住んでいる瓦《かわら》職人が通りすがりに見ていたらしいんだが。……どうやら下手人は仏さんの後をつけてきたらしく、三圍稲荷の門前で追いぬきざまにアッという間もなく斬りつけたそうだ」

「つけてきた……」

「ああ。……ま、送り狼ってところだな」

「そいつは、一人だったのか」

「さて、そいつはどうだかわからねぇ。なにせ、この夕闇のなかだから、はっきりとは見えなかったらしいが、キラッと光るものが走ったかとおもうと、もう仏さんは倒れていたというんだな」

「……居合い、かな」

そばに来ていた笹倉新八がポツンともらした。

「神原さんは藩内でも十人のうちにはいる遣い手でした。それが、ほとんど刀を抜きあわせたようすもなく、斬られているところを見ると、相手は相当の遣い手でしょう」

斧田がギラッと光る眼で平蔵を見た。

「神谷さんよ。こいつは、ただの殺しじゃねぇ。なにか裏があるはずだ」

「…………」

平蔵は無言のまま、おおきくうなずいた。

「仏さんがもっていた飛脚便を見たが、なんでも仕官がきまったとかで『味楽』で祝宴をするつもりだったそうだな」

「その仕官話は騙りだったよ」

「騙り……」

「うむ。この殺しはそれにかかわりがあるような気がする」

「なんだと……」

斧田はじろりと平蔵を睨《にら》んだ。

「神谷さんよ。その一件、洗いざらい聞かせてもらおうじゃないか」

そのとき、境内をつんのめるように白い影が走ってきた。

神原杏助の妻の以久《いく》だった。

以久はもう寝ていたところだったのだろう。

浴衣姿に藁草履《わらぞうり》を突っかけたまま夫の遺体に駆けよると、半狂乱になって血まみれの遺体にすがりついた。

「…………」

平蔵はとても正視するに忍びず、おもわず目をそむけた。

# 五

やがて神原杏助の遺体は藁筵に包まれたまま、寺島村にある神原の自宅に運びこまれた。

遺体が安置されたのは以久が裁縫塾と手習いの塾をしていた板の間だった。

この地の大庄屋が隠居所にしようと建てた家で、以久が塾をひらくにあたって奥の六畳間の畳ふたつを取り払い、板張りにしてもらったということだった。

近くの村人たちの手で表に神原家の家紋入りの提灯《ちょうちん》が二張り掲げられ、通夜の支度がととのえられていった。

もう、五つ（午後八時）をすぎているというのに寺島村の人びとがつぎつぎに弔問《ちょうもん》にやってくる。

だれもが土の臭いがする質朴な人ばかりだが、悲運に見舞われた以久の身を親身に気遣ってくれているのがわかる。

――神原杏助も仕官など望まずに、この地に骨を埋める気になったほうがよかったのではないか……。

そう思わずにはいられなかった。

夫の非業の死に直面したばかりの以久はほとんど放心状態だった。

そんな以久にかわって勘六と妻の淑江が弔問客の挨拶をうけていた。

勘六はおなじ所帯もち同士ということもあって、日頃から神原夫妻とは家族ぐるみで親しくしていたのだ。

さほど広くない家のなかは人びとでひしめきあっている。

平蔵と伝八郎は目配せしあって裏庭に出てみた。

暗夜のなかに行き帰りする弔問客の提灯の火がポツン、ポツンと狐火のようにゆらゆらと泳いでいる。

「とても見ちゃおられんの」

伝八郎が気重くつぶやいた。

「なにが……」

「きまっとろうが、妻女のことよ」

「聞けば、まだ二十七だというぞ」

「そうか。……それで後家とは、な」

「わからんのう」

「なにが……」

「神原どののことよ。井関どののような独り身ならともかく、こうやって妻女の手習い塾で生計《たつき》がたてられるなら、あえて怪しげな仕官話にのらずともよかったと思うがのう」

「よせよ。きさまのような極楽とんぼには食禄を離れた牢人暮らしの辛さがわからんのだ」

「ちっ。きさまにはわかるとでもいうのか」

伝八郎が目を三角にして尖りかけたとき、裏の櫟林《くぬぎばやし》のなかにいた斧田同心が笹倉新八といっしょに近づいてきた。

「お、これは……」

「いま、この御仁からおよそのことを聞かせてもらったが、この騙りを仕組んだ張本人はおそらく甲州屋徳兵衛だろうな」

斧田は迷うことなく断言した。

「甲州屋徳兵衛って男は、表向き口入れ稼業なんて看板あげてやがるが、銭になることならなんだってやる守銭奴だ。高利貸しなんぞは序の口で、女衒《ぜげん》まがいに女の売り買いもするし、人の弱みをにぎっちゃ、大金をふんだくる」

斧田はぎゅっと唇を噛みしめた。

「前まえから目はつけていたんだが、なにせ悪知恵だけは達者な野郎でね。汚れ役はもっぱら金で雇った牢人者にやらせて、てめぇは蚊帳の外で涼しい顔をしてやがるのさ」

「ははぁ、というと井関どのに闇討ちをしかけた高山左源太とかいう剣術遣いも甲州屋に金で買われている口だな」

「買われているというよりは、ワルの相棒ってところだろうな。なにせ、高山左源太の道場には金さえもらえりゃ、なんだってやりかねない破落戸《ごろつき》牢人がとぐろを巻いていやがるからな」

「奉行所はなんだって、そんなやつらを野放しにしておくんだ」

「野放しにしているわけじゃないが、なにせ、高山左源太の道場は駒井右京亮の下屋敷の敷地内にあるんでね。町方風情じゃ手を出したくても出せねぇのよ」

斧田はペッと唾を吐き捨てた。

「甲州屋と高山左源太はいってみりゃ、ひとつ穴のムジナみたいなもんでね。仕官話を餌に牢人者を釣りあげるなんざ、やつらにとっちゃ赤子の手をひねるようなもんだろうよ」

「それじゃ、井関どのの村正を天満屋に三百両で買いとらせたという話も真っ赤な嘘か」

「いや、天満屋が勢州村正を買いとったのはたしかだ。ただし、天満屋は徳兵衛に四百五十両も奮発したらしいぜ」

「なにぃ、四百五十両……」

「だいたい、当の井関さんは村正を売った三百両の小判を一度でも手にしたことはないんじゃねぇかな」

「そういえば……」

笹倉新八がぼそりと口を挟んだ。

「牧村さんの話では、村正が三百両で売れたということは聞いたそうですが、三人の仕官口をまとめるのに今回は思わぬ大金がかかったというので、支度金として一人頭三両ずつ渡されただけだったようです」

「ちっ！　なんてこったい。それじゃ、まるきり甲州屋にまるめこまれたようなもんじゃないか」

「もしかすると、神原さんが斬られたのも、そのことと関わりが……」

「ま、あるとみるのが筋だろう。仕官を餌に四百五十両てぇ大金を騙しとったからには、三人を生かしておいちゃまずいと考えるだろうさ」

「それじゃ、井関どのや、梶山どのも……」

「ああ。まず、狙われるとみて用心したほうがいいだろうな」

急に険しい双眸《そうぼう》になった笹倉新八を見やった平蔵は思わず伝八郎と顔を見合わせた。

「勢州村正が崇《たた》ったか……」

伝八郎がぼそっとつぶやいた。

そのとき平蔵は山茶花《さざんか》の生け垣の暗がりに佇《たたず》んでいる牧村与平治を見た。

月あかりを浴びて佇んでいる牧村の横顔は、なにやら苦悩をひとりでかかえこんでいるように見えた。

おそらく甲州屋の口車に乗って、仲間を苦境に陥れた自責の念に駆られているのだろう。

「…………」

声をかけようとしたとき、牧村と目があった。

牧村はかすかに微笑すると、静かに立ちさっていった。

## 六

その夜、平蔵が帰宅したのは五つ半（午後九時）ごろだった。

この時刻、長屋はどこも寝静まっていたが、平蔵のところの戸障子には淡い火《ほ》影《かげ》がさしていた。

戸障子をあけると、すぐに文乃が迎えでた。

「宴《うたげ》はいかがでしたか」

「うむ……」

祝宴が一転して通夜に変わったなどとは言いにくかったが、顔色は隠しようがない。

一瞬、文乃の顔が曇ったが、すぐにふだんの顔色にもどった。

表であったことは平蔵がしゃべらないかぎり、詮索しようとはしない。

それが武家育ちの女の美質でもある。

ときには物足りなく思うこともあるが、根掘り葉掘り詮索したがる長屋の女房たちをみていると、文乃のような女のほうがずんと好ましいと思う。

裏の障子をあけ、あぐらをかいて月あかりの夜空をぼんやり眺めた。

文乃が蚊いぶしを運んでくると、団扇《うちわ》で平蔵のほうにゆっくりと風を送りはじめた。

「いまの世の中は商人の天下、剣術しか知らぬ武士はのたれ死にするしかないようだの」

ふいに平蔵はポツンとつぶやいた。

「ま……いきなり、なにをおっしゃいますやら」

文乃は団扇の手をとめ、まじまじと平蔵を見た。

「なにがあったかは存じませんが、お医師の平蔵さまにはかかわりのないことでございましょう」

「こんな流行《はや》らん貧乏医者でもか」

「流行り、廃《すた》りは世の常のこと、侍だけではなく商人も職人も変わりはないと存じますが」

文乃は涼しい顔をして、さらりと言ってのけた。

「ほう。……どこぞの坊主の説教でも聞いたかの」

「ま……意地悪な」

「ふふ、ふ」

ふいに表のほうで訪《おと》なう、野太い男の声がした。

夜分の来客にろくな者はいない。

平蔵は戸の突っかい棒に手をかけ、

「だれだ……」

尖った声で誰何《すいか》した。

「平蔵か。わしだ……」

横柄な声がかえってきた。

「お、兄上……」

急いで突っかい棒をはずし、戸をあけた。

兄の忠利が頭巾《ずきん》をかぶったまま、ずかずかと土間に踏みこんできた。

忠利は徒目付《かちめつけ》の味村武兵衛《あじむらぶへえ》を供にしたがえていた。

「一別以来、お変わりもないようですな」

味村は獅子っ鼻を横にひしゃげてニヤッとした。

頭巾をぬいだ忠利は、急いで迎え出た文乃をじろりと一瞥《いっべつ》した。

「名はなんともうす」

「はい。文乃ともうします」

「うむ……」

ぶっきら棒な顔でうなずき、腰の物をあずけると、草履を脱ぎ捨て、味村武兵衛をうながし、さっさと奥の六畳間に向かった。

いつもながら無愛想な兄ではあるが、平蔵にとっては親がわりでもあるから疎略にはできない。

「ともあれ、お茶をさしあげてくれ」

「かしこまりました」

文乃が急いで七輪《しちりん》に火種をうつしかけようとするのを見て、忠利がせわしなく手をふった。

「平蔵、すぐに去《い》ぬるゆえ、接待など無用。もうし聞かすことがあるゆえ、ここに座れ」

「わかりました」

文乃に目配せして忠利の前に正座した。

——もうし聞かす、ときたか。

なにやら嫌な予感がした。

「おまえは性懲《しょうこ》りもなく、またまた厄介事にかかわっておるそうだの」

「と、もうしますと……」

「越後村上藩を離藩した牢人どものことよ」

「ははぁ、どうやら井関十郎太どののたちのことのようですが、それにしても、よく、ご存じですな」

——さては……。

ちらと味村武兵衛に目を向けた。

兄は旗本御家人を監察する公儀御目付の任にあるが、市井《しせい》のこまかいことなど知るはずもない。

手足となってはたらく味村武兵衛をはじめとする徒目付や黒鍬組《くろくわぐみ》の者たちが兄の情報源になっているのだ。

その当の味村はどんぐり眼《まなこ》を天井にむけ、素知らぬふりをしたが、おおきな獅子っ鼻がピクリとうごめいた。

「そのような詮索はどうでもよい」

忠利は頭ごなしにピシャリときめつけた。

「よいか、平蔵。向後、あの者たちとかかわりおうてはならぬ」

これには平蔵、むかっときた。

「これはしたり。あの者たちは禄を離れたとはいえ、れっきとした士分にございますぞ。それに御定法《ごじょうほう》にふれるようなことは露《つゆ》いたしてはおりませぬ。それどころか、士魂を忘れず、日々を必死と生きておる健気《けなげ》な者たちでござるぞ」

「ええい。そんなことはわかっておるわ！」

忠利は苛立《いらだ》ったときの癖で、ハタと膝をたたいた。

「かの者たちの素行をとやかくもうしておるのではない。かの者たちがかかわりおうている相手が厄介ゆえ、そちが巻き添えになってはならんともうしておるのだ」

「ははぁ、その厄介者とは甲州屋徳兵衛のことですか」

「ばかな！　あのような銭の亡者などとるにたらん。奉行所にまかせておけばすむことだ」

どうやら忠利は甲州屋徳兵衛の身辺にまで目を光らせているらしい。

この夜更けに忠利がみずから訪れたのは、家を出た弟の身を案じてのことではないことはわかっている。

「平蔵どの……」

それまで、のほほんとひかえていた味村武兵衛が膝をのりだした。

「ご懇意の井関十郎太なる人物が、祖先伝来の勢州村正の一振りを甲州屋の手を通して天満屋儀平に売却したことはご存じでしょうな」

「うむ。今日、北町奉行所の斧田という同心から聞いたばかりだが……」

「では、それが天満屋から普請奉行の駒井右京亮に献上されたことは……」

「いや、それは初耳だ」

平蔵は目を瞠った。

「では味村さんは、井関どのが駒井右京亮の伜《せがれ》らしき人物に闇討ちをしかけられたことも知っているのか」

「むろん……それこそが、御目付が懸念されていることの眼目でしてな」

味村がちらと忠利に目をやった。

「もうしあげてよろしゅうございますか」

「かまわん。ことは公儀御用にかかわることだ。……この石頭めに下手に邪魔だてされぬよう、とくと言い聞かせてやれ」

忠利は苛立ちを隠しきれぬらしく、舌打ちして平蔵を睨みつけた。

——ちっ！　石頭はどっちだ。

（よりによって、言い聞かせてやれとは、なんだ）

いくつになっても兄貴風を吹かせる忠利にむかっ腹がたってきたが、

——邪魔だてされぬよう。

とは、どういうことだと、いささか気になって味村を見た。

「おれが兄上の邪魔になるようなことをしているというのかね」

「さて、それは……」

味村は苦い目になった。

「ですが、いまのままでは、そういうことにもなりかねませんな」

味村はぐいと平蔵のほうに向きなおった。

「いま、御目付は若年寄さまの命をうけて駒井右京亮と、天満屋儀平の癒着の証《あか》しをつきとめようとなされているところです」

「癒着……」

「さよう。ことは何万両にものぼる公儀御用金にかかわることでござる。いや、もしやすると何十万両という莫大な金額になるやも知れませぬ」

「…………」

平蔵、これには絶句した。

三百両や五百両ならともかく、何万両、何十万両となっては、あまりにも縁遠い世界だった。

## 七

天満屋儀平と駒井右京亮とのかかわりは、五年前にさかのぼるという。

駒井右京亮が長崎奉行職を要望していることを知った天満屋儀平は、幕閣の要路を動かすための資金援助を惜しまず大金をつぎこんだ。

「それがしの手の者が調べたところによりますと、天満屋が使った金は四千両を上回るとみております」

「ほう。つまりは、それだけ使っても元はとれるということだな」

「さよう……」

味村武兵衛は苦々しげに口をひんまげた。

「なにせ、長崎は異国との交易の窓口ゆえ、奉行の権益は絶大、うわさでは長崎奉行を一度務めれば巨万の富を手にすることができるとかで、旗本にとっては垂涎《すいぜん》の的ともうせましょうな」

「駒井から天満屋への見返りはなんだったのかね」

「砂糖と朝鮮人参でござる。そのころ天満屋は薬問屋の株を手にいれたばかりでしてな。ご存じのように砂糖は薬問屋のあつかいになっておりますゆえ、天満屋の儲《もう》けは砂糖だけでも莫大な金額になったはずでござる」

「つまり駒井は砂糖と人参で、天満屋にがっちりキンタマをにぎられてしまったというわけか」

忠利が目を怒らせた。

「平蔵。下卑《げび》たことをもうすでない」

「は……これは、どうも」

部屋の隅にひかえていた文乃が笑いを必死とこらえている。

「ところで、その砂糖と人参が、今度はなんに変わったんだね」

「材木でござるよ」

「なるほど、駒井右京亮は普請奉行だからな。さては公儀御用材でも横流ししてもらったか……」

「その逆でござる」

「というと……」

「もはや、ご承知かとおもいますが、この九月には悪評高い、元禄金銀、乾字金銀の通用を廃止し、新鋳《しんちゅう》金銀に交換されます」

「うむ。白石先生の肝煎りだそうだな」

「その新鋳金銀との交換比率はいまだに公《おおやけ》にされておりませぬが、おそらくは三割引きではおさまるまいというのが、もっぱらの噂《うわさ》でござる」

「味村。そこまでもらすことはあるまい」

忠利が苦虫を嚙みつぶしたような顔になった。

「いや、ここのところが肝要でござる。さもなくば話の筋が見えませせぬ」

味村はとぼけた顔をしているが、見かけによらぬ硬骨漢である。

きっぱりと上司に反論しておいて、ふたたび平蔵に目を転じた。

「天満屋は巨万の富を蓄えておりますが、そのほとんどは元禄小判のため、急いで手持ちの金銀を吐きだし、物に換えることに奔走しておりまして、その大半を材木に投じております」

「ははあ、そこで普請奉行の駒井に押しつけようとしたんだな」

「いかにも……」

「まさに政商癒着を絵にかいたような構図だな」

「…………」

「しかし、いくら名刀とはいっても村正の一振りで、何万両もの御用材を買いあげる約束をするとはおもえんが」

「なんの、出すのは公儀の御用金で駒井の腹が痛むわけではありません」

「人のふんどしで相撲をとる。賄賂ずれした役人のやりそうなことだ」

「それに、天満屋が村正を買った金額は五百両そこそこにすぎませんが、天下の名刀などというものは値があってないようなもの。……欲しいものにとっては、たとえ万金を積んでも惜しいとはおもいますまい」

「…………」

「げんに天満屋が幕閣のさる御方に献上した黒松の盆栽の元手は三百両だったそうですが、それで天満屋は層倍の利をえたげにござる。しかも、金品は露骨な賄賂になりますが、品物の献上は賄賂の臭いが薄まりますからな」

「商人もいろいろと手のこんだ方策を考えるものだな」

　平蔵、苦笑いした。

「村正もその口というわけか」

「いかにも……」

味村も苦笑した。

「世渡り上手な役人と、村正では、なんとも釣り合わんな」

「ところが駒井右京亮に佑之進という側妻《そばめ》が産んだ伜がおりますが、これが大変な剣術好きでしてな。三河島村にある下屋敷に剣術道場まで建て、高山左源太なる剣術遣いをはじめ、腕のたつ無頼の牢人者を数多《あまた》飼《こ》うておりますが、右京亮はどういうわけか、この佑之進を目にいれても痛くはない可愛がりようで……天満屋から献上の村正も、この佑之進にあたえたげにござる」

「まことか……」

これには平蔵、憮然とした。

「あの駒井の小伜が飼っている牢人のなかに井関どのを闇討ちし、神原どのを殺害したやつがいるにちがいない。それでも、公儀はこのまま野放しにしておくつもりか」

「いや、野放しにしているわけではござらん。三河島村の駒井家下屋敷に巣くっている無頼牢人どもなどは、いわば雑魚《ざこ》の類い。なれど雑魚を網にかければ背後の大魚を逸しかねませぬ」

「というと、狙いは駒井右京亮ということか……」

「さよう。いま、われらは長年にわたる駒井右京亮と天満屋儀平の癒着の実態を明かすべく動いております。そのまえに下手に動かれては、すべてが水の泡となりかねませぬ」

「味村。そのあたりで、もうよかろう」

忠利が片手で味村武兵衛を制し、高飛車に平蔵を見すえた。

「おまえも、これで、わしが出向いてきたわけがわかったであろう」

「は……ですが、兄上。甲州屋に騙され、長年の友を失った井関どのたちがこのまま泣き寝入りするとはおもえませんぞ」

「それはかまわぬ。たとえ、その者たちが駒井の小伜の飼い犬に遺恨を抱き、斬りあおうが所詮は牢人同士の争いじゃ。……ただ、そこに、そちが荷担することだけは断じて許さん。おまえは家を出た身とはいえ、わしの弟じゃ。そのことは駒井の小伜も知っておる。表沙汰《おもてざた》になれば面倒なことになるばかりか、駒井右京亮と天満屋の癒着を暴く探索にも支障をきたしかねん」

「…………」

ようやく平蔵にも忠利の懸念していることがわかってきた。

「駒井の飼い犬になっておる無頼の者どもは、いずれ一網打尽にしてくれる。それまでは井関とかもうす者たちにも自重するよう、そちから、よく、もうし伝えることだ。よいな」

言いたいことだけ言うと、忠利はさっと立ちあがり、味村をしたがえて部屋を出ていった。

平蔵が見送りがてら腰をあげ、小声でぼやいた。

「まいったな。……おれは、なにもせずに糞して、寝ていろということか」

文乃がそろえた草履に白足袋の爪先をおろしかけた忠利が、耳聡《みみざと》く聞き咎め、きっとふりむいた。

「いま、なんともうした」

「は……いや、兄上の仰《おお》せ、しかと承りました」

「平蔵。町暮らしにどっぷりつかったせいか、品がさがってきたぞ」

忠利は舌打ちし、じろりと睨みつけた。

その目は公儀御目付というより、幼いころから神谷家の嫡子《ちゃくし》として、なにかにつけて弟の言動に口うるさかった長兄の眼ざしに近かった。

平蔵、おもわず文乃と顔を見合わせ、首をすくめた。

長屋の木戸まで送って出ると、どこにいたのか兄の部下らしい屈強の侍が現れて忠利のまわりを固めた。

木戸を出た忠利が、ふと足を止め、露地の奥にたたずんで見送っている文乃をかえりみて、目をしゃくった。

「文乃とかもうしたな」

「は……」

「磐根藩の奥向きにいた娘だそうだの」

「よく、ご存じで……」

「武家の出だけあって、挙措《きよそ》も、躾《しつけ》もちゃんとしておる。おまえには過ぎたおなごと見た」

「これは、おそれいります」

「一度、屋敷に連れてまいれ。このままだらだらと、なしくずしに暮らしておるのは感心せん。幾乃にも引きあわせて、きちんとけじめをつけることだ」

そう言い捨てると、あともふりむかず立ち去っていった。

――やれやれ、痛いところをつかれたな……。

なにやら重い下駄をあずけられたような気がしてきた。

# 終章　虎の穴

## 一

翌朝、未明に伝八郎がガタピシと戸をきしませて飛びこんできた。

「おい！……昨夜、牧村どのが何者かに斬殺されたらしいぞ」

「なにぃ……」

平蔵、布団から飛び起きた。

すでに起きて台所で朝餉《あさげ》の支度にかかっていた文乃も、おどろいたように目を瞠《みは》った。

「まことか……」

「ああ、仁吉が知らせてくれたのだ。まちがいはない」

牧村与平治の遺体は仙台堀の要橋《かなめばし》の近くの船着き場の乱杭《らんぐい》にひっかかっていた

ということだった。

仁吉の手配で日本橋の船着き場に猪牙舟《ちょきぶね》を一隻待たせてあるという。猪牙なら要橋まで半刻とかからないだろう。

平蔵はすぐさま身支度をととのえ、文乃にあとを頼んで日本橋に向かった。

日本橋川を一気にくだり隅田川に出たころ、ようやく明け六つの鐘が聞こえてきた。

川面はしらじら明けの薄闇につつまれていた。

隅田川を横切り、上ノ橋をくぐって仙台堀に入ると、要橋までは四半刻とかからない。

牧村与平治の遺体は要橋のそばの材木置き場の片隅に敷かれた筵《むしろ》の上に寝かされていた。

矢部小弥太と斧田同心がしゃがみこんで、遺体をあらためていた。

遺体の着衣はずぶ濡れになっていたが、鮮血に染まって生地の色柄もわからないほどだった。

矢部小弥太が平蔵たちを見て腰をあげ、遺体を目でしゃくった。

「傷は、たった一ヶ所。右の脇腹から斬りあげた一太刀だけだ。斬りあったようすはないところを見ると、抜きあわせる間もなかったようだな」

「右から斬りあげた一太刀……」

平蔵がうめいた。

「神原どのが殺《や》られた手口とそっくりだ」

「ああ、まちがいない。同じ下手人だろうよ」

斧田もきっぱりとうなずいた。

牧村与平治はふだんから両刀を携えることはなく、小脇差しを腰に帯びていただけだったが、その脇差しも鞘《さや》におさまったままで、鯉口《こいぐち》も切っていなかったという。

「たったの一太刀か。……下手人は相当な遣い手らしいの」

伝八郎がうめくように言った。

「井関どのに闇討ちをしかけてきた高山左源太とかいう剣客か」

「わからん。……が、どうやら居合いの心得があるやつらしいな」

材木置き場の片隅の暗がりに井関十郎太、笹倉新八、梶山勘六の三人が無言のまま、肩を寄せあってたたずんでいた。

平蔵が近づいていくと、井関十郎太が悲憤を隠しきれない表情で迎えた。

「神谷どの。……牧村を死なせてしまったのはわれらかも知れませぬ」

井関十郎太が声をしぼりだすように言ったとき、ふいに梶山勘六が肩をふるわせ、腕を顔におしあて、嗚咽《おえつ》をもらした。

「うう、うっ……」

「神谷どの……」

笹倉新八が目で平蔵をうながし、二人のそばから離れた。

「死なせたとはどういうことです」

「二人は昨夜の通夜の席で、牧村さんとあまり話そうとしなかったことを悔やんでいるんですよ」

新八は辛そうに目をしばたいた。

「正直、わたしも、なんとなく牧村さんに話しかけづらかった」

その気持ちは平蔵にも察しがついた。

甲州屋からの甘い誘い話を仲間にもちこんだのは牧村与平治である。

そのことで牧村を責めるつもりはないにしろ、話しかければどうしても、そのことにふれないわけにはいかない。

だから、話しかけるのを避けていたのだろう。

　また、牧村与平治にしても、そのことで仲間にすまないという思いが強かったはずだ。

　昨夜、ひとりでポツンと夜の闇にたたずんでいた牧村与平治の孤独な姿が、いまも平蔵の瞼《まぶた》に残っている。

「気持ちはわかるが、そのことが牧村どのを死に追いやったわけではない。これは、やつらの口封じのための凶行でしょう」

「口封じ……」

「嘆いている場合ではありませんぞ。つぎに狙われるのは井関どの、梶山どの……さらに言うなら、笹倉どのまでも狙われないともかぎらん」

「なるほど、臭いものには蓋《ふた》をしろということですか」

「うむ。……と、なると、わしも伝八郎も例外ではないかも知れん」

「おもしろい」

　伝八郎が唸《うな》った。

「いつでもかかってこい。よろこんで相手になってやる」

「わたしも、やつらが襲ってきたら、神原さんや牧村さんのためにも返り討ちにしてやります」

そのとき仁吉がようやく朝の光がさしはじめた堀端の道から影法師がにじむように現れ、矢部小弥太と斧田のもとに駆けよると、小声で耳打ちした。

「よし……」

と、おおきくうなずいた小弥太が仁吉になにごとか命じると、仁吉がふたたび急いで駆けだしていった。

つづいて斧田が配下の常吉《つねきち》をしたがえて飛びだしていった。

「兄者。……何かあったのですか」

伝八郎が小弥太に歩みよって問いかけた。

「うむ。下手人どもを尾行していた仁吉が居場所をつきとめた。甲州屋徳兵衛もいっしょにいるらしい」

「なんですと……仁吉は下手人を知っていたんですか」

「ああ、このところ仁吉にはひそかに徳兵衛の動きを見張らせておいたんだが、昨夜、例の高山左源太が三人の牢人者と甲州屋徳兵衛が妾《めかけ》にやらせている『ひらの』という舟宿に向かったそうだ。こいつは何かあるなとおもっていたら、牧村与平治が『ひらの』にやってきて、半刻ほどすると肩をがっくりと落として力ない足どりで出てきたらしい」

「わかった」

笹倉新八がうめいた。

「牧村さんは仕官話の件で甲州屋を問いつめようとしたんだ」

「うむ。おそらくな……」

「おおかた甲州屋にのらりくらりと言いのがれされたか、もしくは逆に脅されて大和町の借家に帰るところだったたんでしょう」

新八は低い声でうめいた。

「牧村さんを一人で帰すんじゃなかった……」

牧村のあとを追うように二人の牢人者が「ひらの」から出てきたが、その一人は左腕がない男だったという。

仁吉がひそかに尾行していると、要橋の近くで牢人者の尾行に気づいた牧村与平治がふりかえった瞬間、片腕のない牢人者が右腕一本で抜き打ちに斬りつけたのだという。

「仁吉によると、瞬きする間もない早業だったそうだ」

「……居合いだ」

つぶやいた平蔵を見て、矢部小弥太が深ぶかとうなずいた。

「そやつは高山左源太の義弟で、戌井半四郎《いぬいはんしろう》という男だ。斬りあいで左腕を失ったそうだが、腕は左源太よりずんと立つらしい」

　戌井半四郎は牧村与平治の死体を堀に蹴りこんだあと、仲間の牢人者と「ひらの」にもどり、徳兵衛たちと舟で永代寺門前仲町の料理茶屋「梅川《うめかわ》」に繰りだしたという。

「では、いまも、そこに……」

「うむ。いまごろは酔いつぶれて相方の妓《おんな》と寝ているころだろうよ」

「兄者。それだけわかっているなら、なぜ、踏みこまんのです」

　伝八郎が嚙みついた。

「そう焦《あせ》るな。店に踏みこむからには与力に出向いてもらわねばならん。いま、斧田が出馬を願いにいっておる」

「なにを悠長な。……これだからお役所仕事はとろい」

「伝八郎。口がすぎるぞ」

　矢部小弥太は一喝した。

「往来で現場をおさえるのならともかく、店にいる客をひっとらえるにはそれなりの段取りを踏まねばならん。ほかにも客がいることを考えろ」

「しかし、もたもたしていたら取り逃がしてしまいますぞ」

「なんの、仁吉が見張っておるゆえ、むざむざ逃がしはせん」

「ちっ、ちっ……」

伝八郎が焦《じ》れて、歯嚙みしたとき、常吉が猪牙舟でもどってきた。

捕り方をしたがえた与力が、斧田の案内で門前仲町に向かっているという。

「よし、行くぞ」

矢部小弥太は根津の嘉平をうながして猪牙舟に乗りこんだ。

猪牙舟は三人を乗せるのが目いっぱいである。

「兄者！　おれたちは置いてけぼりか」

伝八郎が吠えたが、常吉の猪牙舟は早くもすべりだしていた。

「来るなら後から来い、ただし手だしは無用だぞ」

小弥太を乗せた猪牙舟は弦を離れた矢のように遠ざかっていった。

「井関どの。このまま指をくわえて待っているわけにはいかんでしょう。永代寺門前なら目と鼻のところだ。駆けても四半刻とはかからん」

「うむ。万が一、やつらが捕り方の網の目をくぐりぬけんともかぎらん。われわれも行こう」

平蔵、伝八郎、井関、笹倉、勘六の五人は着衣の裾をからげ、夜明けの街を疾風《はやて》のごとく駆けだした。

二

亀久橋を渡り、堀沿いの道を南に突っ走り、入船町の角を曲がると、そこはもう永代寺の門前町である。

甲州屋たちがいるという「梅川」は門前仲町でも屈指の大店《おおだな》だった。

平蔵たちが駆けつけたとき、すでに捕り物ははじまっていた。

洒落《しやれ》た冠木《かぶき》門《もん》から、客と寝ていたのだろう娼妓《おんな》たちが寝乱れた髪のまま悲鳴をあげながら、長襦袢《ながジユバン》から素足をむきだし、つぎつぎに逃げだしてくる。

門前に黒の陣笠に羽織袴《はおりはかま》という出で立ちの与力が仁王立ちになって指揮をとっている。

三百坪はあろうかという敷地は庭木がびっしりと植えこまれていて、なかのようすは見えない。

平蔵たちは店の裏手にまわってみた。

裏木戸にも数人の捕り方が突き棒を手に目を怒らせ、見張っている。

「おい、どうなっとるんだ」

伝八郎が捕り方に近づいたとき、いきなり怒声がはじけ、裏木戸から抜き身を手にした牢人がひとり飛びだしてきた。

「どけっどけっ！」

怒号すると、いきなり捕り方のひとりを斬り伏せた。

「よし、こいつはおれが引きうけた」

伝八郎が捕り方を手で制してすすみ出た。

「な、なんだ！　きさまは……」

牢人は血走った目を伝八郎に向け、刃《やいば》を右八双に構えた。

「ほう、すこしは遣えるようだの」

伝八郎はゆったりと下段に構え、挑発するようにふくみ嗤《わら》った。

「さて、その腕でおれが斬れるかな」

「うぬっ」

牢人はするするっと五、六間さがり、ついで右へ、右へとじりっじりっと回りはじめた。

伝八郎は下段に構えた切っ先を逆に左にすこしずつ移動させた。

不意に牢人の双眸《そうぼう》に殺意がみなぎったかとおもう間もなく、一気に間合いを詰め、殺到してきた。

刃が風を巻いて伝八郎の肩口に噛みついてきた。

伝八郎の下段の刃が撥ねあがり、ふりおろされてきた牢人の刃を苦もなく擦りあげ、腰を沈めて返す刀で牢人の胴を豪快に薙《な》ぎはらった。

刃は存分に牢人の腹を切り裂いた。

血しぶきが噴きだし、路上を赤く染めた。

固唾《かたず》を呑んで見守っていた捕り方から嘆声が湧きあがったとき、裏木戸から矢部小弥太が出てきた。

そのあとから根津の嘉平と百化けの仁吉が、甲州屋徳兵衛と舟宿「ひらの」の番頭・市造の縄尻をつかんで荒々しく路上にひきずりだしてきた。

縄尻を捕り方の手にあずけた仁吉が、おもうさま徳兵衛を蹴りつけた。

「この糞ったれが！　ちきしょうめっ」

「やめねぇかい、仁吉。どうせ、お仕置きになるやつらだ。あとは公儀《おかみ》におまかせするこったな」

嘉平が渋い目になって仁吉をなだめた。

「ですが、親分。こいつらが、おけいにした仕打ちをおもうとはらわたが煮えくりかえりまさぁ」

「それより早いところ、おけいを助けだすこった」

「へ、へい……」

「旦那。それじゃ、あっしと仁吉は平野町にいってまいりやす」

嘉平が矢部小弥太にぺこりと頭をさげた。

「おお、早くいってやるがいい」

「仁吉があんなにカッカするのは見たことがないな。なにがあったんです」

伝八郎の問いかけに、小弥太は口をひんまげ、徳兵衛を睨《にら》みつけた。

「こいつが平野町の舟宿の女将《おかみ》にしていた、妾のおけいという女が仁吉のむかしからの顔馴染《かおなじ》みだったのよ。そのおけいがここんところ店先にも顔を見せなくなったんで仁吉はやきもきしていたんだが、なんと徳兵衛がおけいを舟宿の隠し牢にとじこめて痛めつけてやがったらしい」

小弥太が苦虫を嚙みつぶしたような目になった。

「仁吉が舟宿の見張りについていたとき、おけいが見かけて寺の境内でふたりで話しこんでいたところを市造のやつが見ていたのさ。それを聞いた徳兵衛が頭に血のぼせやがっておけいを石牢にとじこめて折檻《せっかん》してやがったらしい」

　小弥太はペッと唾《つば》を吐き捨てた。

「もう、ちょいと遅かったら、おけいの命も危なかったろうよ。なにせ、こいつは人を殺すことなんぞ虫けらをひねりつぶすぐらいにしかおもってねぇ野郎だからな」

　そう言うと小弥太は、井関十郎太たちに目を向けた。

「井関どのともうされたな」

「いかにも……」

　小弥太は捕縛した甲州屋徳兵衛をあごの先でしゃくった。

「こやつは前まえから高山左源太の一味と組んで、女房や娘のいる牢人に袖の下次第で仕官を世話しようともちかけては、女房や娘を月囲いの妾にして稼がせたり、ときには身売りまでさせて金を造らせたあげく、口封じに亭主を高山左源太たちに殺害させていたのだ」

「なんと……」

「貴公には女房や娘はおられなんだが、何百両もする名刀村正を所持なさっていたのが不運でしたな」

井関十郎太の双眸が憤怒に燃えた。

「おのれ、甲州屋！」

十郎太が刀の柄《つか》に手をかけ、いまにも斬りつけようとした。

「井関どの。お気持ちはわかるが、神原どのや、牧村どのを斬ったのは甲州屋ではない。……落ち着かれよ」

平蔵は急いでなだめ、小弥太に問いかけた。

「下手人の高山左源太と戌井半四郎はどこです……」

「うむ……」

小弥太は渋い目になった。

「それがの。われらが踏みこむ寸前に気配をさとったとみえ、永代寺裏の堀に舫《もや》ってあった猪牙舟で逃げたようだ」

「なんですと……」

「なに、行く先は知れておる」

「三河島村の駒井家下屋敷ですな」

平蔵が喝破した。

「神谷どの。相手は七千石の旗本屋敷ですぞ。われら町方同心ではみだりに踏みこむわけにはまいらぬ。めったなことはなさらんことだ。兄上の御身分にもかかわりましょうぞ」

「では、どうなさるおつもりです」

「むろん、お奉行にもうしあげ、公儀のご処分を仰ぐことになりましょうな」

「兄者！　そんな手ぬるいことをしていたら、やつらに高跳びされてしまいますぞ」

伝八郎が吠えた。

「手ぬるいとはなんじゃ！　公儀には御定法《ごじょうほう》というものがある。勝手な口をほざくでない」

小弥太はきめつけておいて、捕り方に向かい、

「そやつらをひったてろ！」

と命じ、さっと背を向けると足早に立ち去った。

伝八郎は憤懣《ふんまん》やるかたない顔で足元の小石を蹴飛ばすと、小弥太の後ろ姿に向かって毒づいた。

「糞っ！　なにが御定法だ。そんなもん屁のつっぱりにもならんわ」

井関十郎太が笹倉新八と梶山勘六となにやら話しあっていたが、

「神谷どの。その三河島村の旗本屋敷とやらに、高山左源太らがかくまわれているというのはまことでござるか」

「公儀の目付を務める、それがしの兄の手の者から聞いたことゆえ、まずまちがいはござるまいが……」

言いさして平蔵、まじまじと井関十郎太を見つめた。

「井関どの。もしや……」

「いや、神谷どのにご迷惑はかけませぬ。ただ、われらとしては仲間を手にかけた下手人を公儀にまかせてすっこんでいるわけにはまいりませぬ」

笹倉新八が澄んだ眼ざしをむけた。

「牢人といえども、われらにも武士の一分《いちぶん》というものがござる。やつらも悪党とはいえ、一廉《ひとかど》の剣客なら表から名乗りをあげて勝負を挑めば、まさか逃げだしたりはしますまい」

「しかし、駒井の下屋敷は食いつめ牢人を何十人飼《こ》うておるやも知れぬ、いわば悪党どもの巣窟ですぞ」

「もとより死は覚悟のうえです。神谷どのや矢部どのとめぐりおうたのは、なによりの幸せでござった」

「さらばでござる」

三人は丁寧に頭をさげ、ようやく賑わいはじめた門前町に背を向けて去っていった。

「おい、平蔵……」

伝八郎が声をしめらせた。

「このままでいいのか。うん……」

「………」

平蔵は無言で三人を見送っていたが、やがて決然と眉をあげた。

「伝八郎。……十年の朋友も、束の間の友も、友に変わりはあるまい」

「むろんだ」

「ましてや、茂庭十内どのに村正の目利きを仲介したのが、そもそもの事のはじまりだ。これは是非にも最後まで見届けねば気がすまぬ」

「そうよ。そもそもが売られた喧嘩《けんか》だ。買わねば男がすたる」

「二人とも兄貴から縁を切られることになりかねんぞ」

「おお、望むところよ」

伝八郎、ぐいと胸を張り、刀の柄に手をかけた。

「われに、この一刀あり、なんぞ恐るるにたりんや、だ」

「よし、きまった」

平蔵と伝八郎はきっぱりとうなずきあい、人込みのなかを遠ざかっていく三人を追って足を踏みだした。

三

三河島村は隅田川の上流、千住大橋の西にひろがる広大な百姓地で、植木屋が多いことでも知られていた。

千住大橋の手前には小塚原《こづかっぱら》の処刑場があり、獄門首が晒《さら》されることもあるから旅人のなかには薄っ気味が悪いといって遠回りする者もいた。

東叡山寛永寺からつづく街道沿いには数多くの社寺が甍《いらか》をつらね、諸藩や旗本の下屋敷も少なくない。

駒井右京亮の下屋敷は、観音寺の北側にあった。

かつては某大藩の抱え屋敷だったのを右京亮が譲りうけたものだというだけに

敷地も二千坪近くはありそうだった。

四方を土塀でかこみ、隅田川から水をひいて濠《ほり》をめぐらせてある。

土塀に沿った邸内には防火のための常緑樹がびっしりと植えこまれ、夏の訪れを告げるかのように蟬《せみ》の鳴き声が降りしきっていた。

「さてと、われわれも堂々と真正面から名乗りをあげて、表門からいっせいに討ち込むとするか」

観音寺の境内から駒井家下屋敷を望見しながら、伝八郎が芝居見物にでも来たかのように楽しげにほざいた。

「おい、赤穂《あこう》浪士の討ち入りじゃあるまいし、まさか表門からというわけにはいくまいよ」

平蔵が苦笑した。

「さよう。われらの相手はあくまでも高山左源太と戌井半四郎でござる。できれば無益な殺生は避けたいものだ」

井関十郎太はあくまでも友の仇討《かたきう》ちで貫くつもりなのだろうが、

——そう、うまくはいかんだろうな。

と平蔵は内心、苦笑した。

大名や旗本の下屋敷などというものは留守番がわりの家人や女中を何人か置いているだけで、夜になると博打場に使われているところも少なくない。

ここに巣くっているのは高山左源太が深川あたりから掻き集めてきた無頼牢人どもが大半とみていいだろう。

いうなれば金次第で押し込み強盗も辞さない輩《やから》ばかりだ。

むしろ無益な殺生を好むのは、やつらのほうだろうとおもった。

「さっき茶店の女に聞いたところによると、高山左源太らが巣くっている道場は屋敷の裏手にあるそうです。まずは裏手にまわってみましょう」

手洗い水で刀の柄をしめしていた笹倉新八が、穏やかな口ぶりで言った。

斬りあいを直前にしながら、笹倉新八はきわめて淡々としていて、高ぶったようすは微塵《みじん》も見られなかった。

笹倉新八は藩中でも一、二を競う遣い手だったと聞いているが、

――それだけに肝《きも》が据わっているのだろう。

井関十郎太の一刀流もそこそこの腕だろうが、多数を相手の真剣の斬りあいでは度胸と場数がものをいう。

梶山勘六も無外流の遣い手だと聞いてはいるが、真剣をふるっての乱闘では道場剣術はほとんど通用しないものだ。

いざという修羅場で頼りになるのは伝八郎ぐらいのものだろうとおもっていたが、笹倉新八の肝の据わったようすを見ていると、

——この男なら……、

という気がしてきた。

黄金色《こがねいろ》の稲穂が実る田圃《たんぼ》のなかの畦道《あぜみち》を迂回して、屋敷の裏側にまわった。

裏門の柱に檜《ひのき》の一寸板に［梶派一刀流指南　高山左源太］と大書した看板がかけられている。

どっちが表門かわからないほど立派なものだった。

小網町の道場などとはくらべものにならない堂々たるものだ。

剣術狂いといわれる駒井佑之進という妾腹《しょうふく》の伜《せがれ》に、これほど巧みに取りいった高山左源太という男のしたたかさは相当なものなのだろう。

——どうやら、いまは剣術より算術の世らしい。

門扉は左右にひらかれていて、黒松を配した広い前庭の向こうに道場らしい軒高の建物があった。

門番らしい者は見あたらなかった。

平蔵は左端を、伝八郎は右端を固め、井関十郎太を真ん中にした五人は迷うことなく門内に踏みこんでいった。

竹箒《たけぼうき》を手に庭掃除をしていた年寄りの小者《こもの》が、式台の奥に向かい、

「入門のおさむれぇが五人も来ただよう」

大声で呼ばわると、ふいに声をひそめた。

「ここは荒っぽいところだすけ、いまのうちにやめたほうがいいだよ」

「しんぱいすんな。おれは荒っぽいのが好みでの」

伝八郎が笑って片目をつぶってみせた。

「これから斬りあいがはじまるんでな。爺さんは怪我をせんうちに消えたほうがいい」

「あんれ、またかね」

どうやら馴れっこになっているとみえ、小者は植え込みを縫ってどこかに消えてしまった。

「どれどれ、入門者とはめずらしいのう……」

足音をひびかせて奥から出てきた、道場の食客らしい牢人者が、

「な、なんだ……きさまらは！」

目を剝《む》いて、引け腰になった。

井関十郎太がずいと足を踏みだし、

「わしは井関十郎太ともうす者だが、高山左源太と戌井半四郎の両人に朋友を討ち果たされた仇討ちにまかりこした、と伝えていただこう」

「あ、ああっ。……き、きさまらか」

牢人者が泡を食って、あたふたと奥に駆けこんでいった。

「さあてと、張本人が素直に出て来るかの」

伝八郎がニタリとしたとき、どかどかと乱れた足音をひびかせ、数人の雇われ剣客とおぼしき牢人たちが刀をひっさげ、式台に駆けだしてきた。

「なにぃ、仇討ちだと！」

「小癪《こしやく》な！」

「高山先生の手を煩《わずら》わすまでもない。たたっ斬ってしまえ」

牢人の一人が式台から跳びおり、刀を抜いて伝八郎に斬りかかった。

「ばかめがっ」

伝八郎が抜き討ちざま、そやつの肩口を深ぶかと斬りおろした。

「ぎゃっ！」

牢人は鶏が首をしめられたような声を発し、庭の砂利に顔をつっこむと、肩の噴血を手でおさえ、のたうちまわった。

「ぬかるな！　こやつら、存外に手強いぞ。おしつつんで討ち取れっ」

「おおっ！」

たちまち無頼牢人どもが白刃をかざし、殺到してきた。

「よいか、敵は高山左源太と戌井半四郎のふたりだ。あとの雑魚《ざこ》はおれと伝八郎で引き受ける」

平蔵は左に走り、叫んだ。

真正面から刃を上段に構えた牢人が、まっしぐらに飛びこみ、平蔵の頭上に白刃を叩きつけるような勢いで斬りつけてきた。

荒っぽいが、刃唸りがするような剛剣だった。

平蔵は腰を沈め、すれちがいざまに胴をなぎはらった。

峰をかえす間はなかった。

ずんと骨を断ち斬った重い手応えがあった。

血しぶきが宙に舞いあがり、庭の砂利に降りそそいだ。

「平蔵！　うしろだ」

伝八郎の大声が耳にはいった瞬間、平蔵はふりむきざまに躰を斜《はす》に傾け、双手《もろて》突きに殺到してきた敵を、上段からの一撃で斬りさげた。

絶叫が虚空に迸《ほとばし》った。

「おい！　どうした」

「こやつらは何者だっ」

奥から十数人の新手が駆けだしてきた。

その中に、先日、平蔵に脅しをかけてきたのっぽと炭団《たどん》の二人組、赤倉敬助と野口喜平太がいた。

「おっ！……き、きさま」

「ようも、ぬけぬけと……」

わめきざま式台から駆けおりてきた。

井関たち三人を巻きこんでの乱闘になった。

平蔵は正面から大上段に斬りつけてきた敵の刃を撥ねあげ、返す刀で胴を両断した。

笹倉新八が腰を低く落とし、ひとりの敵を袈裟《けさ》がけにしとめた。

ほれぼれするような冷静な太刀さばきだった。

井関十郎太が鍔《つば》迫《ぜ》り合いから、野口喜平太をじりじりと圧倒し、撥ねかえしざま、相討ちのような形で野口の胸板を刺し貫いていた。

が、野口の刃が脇腹を掠《かす》め、十郎太は手傷を負ってしまった。

梶山勘六は躰ごと敵にぶつかりざま、相討ちのような体勢から敵を組み敷き、喉笛を掻き斬った。

勘六の背後から赤倉敬助が斬りつけた。

「うっ……」

勘六が肩口を斬られ、がくっと膝を折ったとき、笹倉新八が風のように駆けより、横あいから上背のある赤倉敬助の首を鮮やかに斬り落とした。

井関十郎太と梶山勘六が手傷を負い、いまだ無傷なのは平蔵と伝八郎、それに笹倉新八の三人だけになってしまった。

伝八郎は六尺豊かな巨体に似あわぬ身ごなしで剛剣をふるっている。

笹倉新八の足さばきにも乱れたところはなく、軽がると敵の攻撃を躱《かわ》し、確実にしとめていた。

しかし、さすがに平蔵も、伝八郎も、新八も軽傷とはいえあちこちに手傷を負い、血しぶきをかぶり、着衣は蘇芳《すおう》を浴びたように赤く染まりはじめている。

四半刻とたたぬうち、白昼の庭は流血の修羅場と化していた。

「おのれっ！　このざまはなんだっ」

玄関の式台に現れた高山左源太が、仁王立ちになって怒号した。

そのかたわらに隻腕の侍が頰に冷笑をうかべてたたずんでいる。

どうやら、それが神原杏助と牧村与平治を暗殺した戌井半四郎という、居合いを遣う男らしい。

半四郎の背後に羽織袴をつけた若い武士が左手に刀をさげたまま、険しい表情で庭の惨劇を見渡していた。

それが、この下屋敷の主人、駒井右京亮の倅の、

——佑之進。

だと、一目でわかった。

「さがれ、さがれ！　なんたる体たらくだっ」

高山左源太が満面に朱をそそいで怒鳴りつけた。

「その井関十郎太とかもうすやつには借りがある」

左源太は斬り落とされた耳朶《じだ》の傷跡を指でしめし、凶悪な顔になった。

「その借り、返してくれる」

「待て！　これを遣うがよい」

駒井佑之進が式台からおりようとした左源太に声をかけ、左手にさげていた刀をさしだした。

「父上からいただいた勢州村正じゃ。そやつの差し料だった村正の斬れ味を試してみよ」

「これは、かたじけない」

左源太は頬に不敵な薄笑いをうかべて村正をうけとると、式台から庭におりたった。

「うぬっ……」

井関は脇腹の傷口をおさえ、歯嚙みして迎え撃とうした。

「井関さん、その手傷では無理です。わたしがやりましょう」

笹倉新八がすすみ出たが、

「いや、こやつにはわしも借りがある。余人にまかせるわけにはいかん」

井関はかすかに微笑をうかべ、

「これしきの傷、蚊に食われたようなものだ」

「ですが……」

「それに、あの村正をきゃつごときに遣わすわけにはいかん」

そう言い捨てると、刀を青眼にかまえた。

「こい。人斬り狼を成敗してくれる」

「ふふ、ふ。素牢人めが、ようもほざいたな」

高山左源太は村正を右上段にかまえると、するするっと間合いを詰めた。

井関は微動だにせず、左源太の斬撃を待ちうけた。

――井関どのは相討ちする気だ。

平蔵は直感した。

いきなり左源太は悪鬼の形相で突進すると、右に一間あまりも横飛びに跳ねあがり、井関の肩に村正をふりおろした。

井関は躰をかわすことなく、まっすぐに左源太めがけて剣先を突きいれた。

村正の一撃は井関の肩口を斬り割ったが、同時に井関の刺突《しとつ》がずぶりと左源太の胸板を貫き、切っ先が背中まで突きぬけた。

「ううっ！」

左源太は呻《うめ》き声とともに井関の刀に串刺しになったまま倒れこんだ。

「井関さんっ」

笹倉新八が駆けより、井関を抱き起こした。

「新八……おれの……村正を」

「わかりました」

新八が左源太の手から村正をもぎとろうとしたとき、伝八郎が怒鳴った。

「弓だっ」

式台の上から駒井佑之進が半弓に矢をつがえ、引きしぼっているのが見えた。

平蔵が飛びだした瞬間、矢が弦を離れた。

まっしぐらに笹倉新八をめざし、空を切った矢を平蔵の一刀が斬り捨てた。

「おのれっ」

二の矢をつがえようとした佑之進に突進した平蔵が、半弓もろとも佑之進の胸を存分に斬り割った。

その瞬間、かたわらから戍井半四郎の居合いの一撃が襲いかかった。

平蔵はとっさに躰を横ざまに倒した。

倒しざまに平蔵は亡父遺愛の井上真改の切っ先を翻《ひるがえ》し、戍井半四郎の脇腹を存分に斬り裂いた。

恩師・佐治一竿斎直伝の「霞《かすみ》の太刀」が、まさしく無心のうちに走ったのであろう。

四

「すまんのう、神谷……」

東海道の品川宿まで見送りにきた伝八郎が、柄にもなく目をしばたいて神谷平蔵に詫《わ》びた。

「きさま一人に貧乏籤《くじ》をひかせてしもうたような気がしてならん」

「なんの、あの場はそうするしかなかったのだ。きさまのせいではない」

平蔵は茶店の縁台に腰をおろし、菅笠《すげがさ》をかたむけて笑ってみせた。

「神谷さまは、そういうおひとなのですよ」

お甲といっしょに見送りにきてくれた茂庭十内がほほえみかけた。

「なにせ、日頃から、ご自分の損得など考えないおひとでございますからな」

「ほんと……なにも、おひとりでかぶることもなかったのに」

お甲がつと横をむいて袖口を目にあてると唇をふるわせた。

「これでいいんだよ、お甲……」

平蔵はさらりと笑ってみせた。

「相手が人斬り狼どもとはいえ、十八人もの人間を斬った始末はつけねばならん。だれかを道連れにしたところですむというもんではない。俺ひとりでカタがつくなら、こんな結構なことはなかろう」

「でも……」

「お甲。もうやめなさい。神谷さまがおっしゃるとおりだよ。ほかに仲間がいたとなれば公儀の御沙汰《おさた》も、また、厄介なことになる。神谷さまはそこをお考えになられた。……そうではありませんかな」

「なに、そこまで深く考えてのことではござらん。ひとりでかぶっても、仲間を道連れにしても、おなじことだろうと考えたまでのこと……」

平蔵は目に笑みをにじませ、街道をせわしなく行き交う旅人に目をむけた。

十日前、三河島村の駒井家下屋敷に五人で斬りこんだ御定法破りの責めを、平蔵はおのれひとりでかぶることにしたのである。

駒井家下屋敷がある三河島村までは隅田川を遡《さかのぼ》るほうが早い。

百化けの仁吉の仲間だという船頭を頼んで、荷足《にた》り舟《ぶね》を千住大橋の先で下船したあと、船頭は川っぺりに舟を舫って待っていてくれた。

平蔵は役人がくる前に四人を逃がすことにし、重傷の井関十郎太は笹倉新八が背負った。

勘六も手傷を負っていたが、歩けないほどではなかった。

四人を逃がし、平蔵は十八人の死骸《しかばね》が散乱する惨劇の現場にとどまった。

三河島村にも村役人はいるが、七千石の旗本屋敷内での出来事となると、村役人の手に負えるものではない。

旗本屋敷内での事件は公儀目付が出役し、さばくのが定法である。

村役人からの知らせをうけて出張《でば》ってきたのは兄の忠利と、配下の味村武兵衛だった。

あまりにも凄《すさ》まじい惨劇を目のあたりにして、忠利はしばし絶句した。

「まさか、おまえがこれだけの牢人者を一人で斬ったわけではあるまい。ほかに手を貸した者がいたであろう」

そう忠利は問いつめたが、平蔵はあくまでもおのれひとりで討ち果たしたと言い張った。

「こやつめが、ようもぬけぬけと……」

忠利は信じてはいなかったが、平蔵の言外の意を汲《く》みとったのだろう。

それ以上は追及せず、平蔵を目付役所に移し、駒井右京亮を呼びつけ尋問することにしたが、駒井右京亮はその日のうちに伜の佑之進が急病死したと届けでるとともに、一切をあくまでも知らぬ存ぜぬでシラを切りとおした。

右京亮としては下屋敷内に高山左源太なる無頼の剣客が道場を建て、素性の怪しい牢人を見境もなく引きいれ、飼い、養っていた佑之進の非を公《おおやけ》にしたくなかったにちがいない。

下屋敷にいた駒井家の家人や女中たちは高山左源太の道場には日頃から立ち入ることを佑之進から禁じられていたから、当日も見ざる聞かざるをきめこんでいたため、くわしいことはわかないと言い張った。

ただし、熊本藩留守居役になりすまし、井関十郎太たちを欺《あざむ》いた菅野喜助《きすけ》なる牢人者は、屋敷の土蔵に隠れていたところを徒目付《かちめつけ》に捕らえられ、吟味《ぎんみ》の末、一切を白状したということだった。

また事件の発端となった勢州村正の一刀は、平蔵の手から忠利に渡され、駒井右京亮と天満屋の癒着《ゆちゃく》ぶりをしめす証《あか》しの一端となった。

その後、村正がどうなったかは平蔵も知らない。

忠利から報告をうけた若年寄の安藤帯刀《あんどうたてわき》は、駒井右京亮の申したてをそのまま受けいれるよう指示した。

安藤帯刀としては無頼牢人を斬ったのが忠利の実弟でもあり、斬られた牢人は斬られ損で片付けるほうが万事に都合がいいと判断したのだろう。

その間、甲州屋と仕組んで何人もの牢人を騙《だま》し、殺《あや》めた高山左源太らの悪業は北町奉行所の同心・矢部小弥太と斧田晋吾らによって暴かれた。

いっぽう、駒井右京亮と天満屋儀平の贈収賄の罪も、忠利配下の徒目付・味村武兵衛と、黒鍬組の手の者の探索で明白になった。

公儀評定《ひょうじょう》の結果、駒井右京亮は七千石の禄を召し上げられ、駒井の家名は断絶となった。

天満屋儀平、甲州屋徳兵衛、舟宿「ひらの」の番頭・市造は北町奉行所の御白州にひきだされ、厳しい詮議の末、儀平と徳兵衛は家財没収のうえ、市造とともに三宅島に流罪ときまり、流人送りの船が来るまでのあいだ小伝馬町の牢入りになった。

儀平の片腕だった古賀宗九郎だけは、いちはやく危機を察知して遁走《とんそう》してしまったという。

しかし、忠利としても平蔵が旗本屋敷に乱入した御定法破りの責めを不問にするわけにはいかなかった。

駒井右京亮の親族には旗本や、大名家もすくなくない。

公儀の裁定はともかく、平蔵をそのまま放置するわけにはいかなかった。

忠利は役宅に留置していた平蔵に因果をふくめ、しばらくのあいだ江戸から離れ、旅に出よと命じたのである。

その間、文乃の身柄は駿河台の神谷家屋敷にあずかってもよいと忠利は言ったが、文乃は磐根藩屋敷の桑山佐十郎の役宅にもどることを望んだ。

――無理もない。

と平蔵はおもった。

しばらくの間とはいっても、いつもどれるかあてのない身である。

嫂《あね》の幾乃はともかく、あの謹厳な兄のもとで過ごすのは文乃にとっても息苦しいことにちがいない。

また、もどったところで新石町の長屋は引き払い、町医者の看板もはずしてしまった平蔵にはもどる家もなければ、生計《たつき》を立てる途《みち》とてない、浮き草のような身である。

――帰宅した平蔵は、その夜、文乃と最後の夜をすごした。

「おれは、いつ江戸にもどれるかわからん。二年先か、三年先になるかも知れん身だ。それに江戸にもどったとしても、もどる家もなければ、生計の途さえ失った素寒貧《すかんぴん》の根無し草だ。それに、おれは、いつ、なにをしでかすかわからんような男だ。おれのような男のことは忘れて、良縁があったら、嫁《とつ》ぐがいい」

「…………」

文乃は無言のまま、ひしとすがりついてきた。

その夜、文乃はこれまでにない激しさで何度となく平蔵をもとめ、しらじらと明けるころまで眠ろうとはしなかった。

「平蔵さまのこと、けっして忘れませぬ」

文乃はくりかえし、そうささやいた。

翌日、平蔵は文乃をともなって磐根藩邸に桑山佐十郎を訪ね、身勝手を詫びるとともに、今後の文乃の身のふりかたを頼んだ。

桑山佐十郎は快く了承し、藩主からの餞別《せんべつ》だといって三十両出してくれたが、平蔵は固辞した。

桑山佐十郎の役宅に仕える文乃がみずから望んだとはいえ、おのれの身のまわりの世話をさせておいて餞別までもらうわけにはいかなかったし、忠利が当座の旅費として五十両を味村武兵衛に託して届けてくれた。

それに、病床にある沢井屋の隠居から三十両もの餞別をもらっている。

また、茂庭十内からも二十両の餞別をもらった。

〆《しめ》て百両もあれば、一年や二年は食うに困ることはあるまい。

それに、先日、公儀から新鋳《しんちゅう》の正徳《しょうとく》金銀と、元禄の旧貨との交換比率が布告されたが、旧貨の交換比率は新鋳貨の半分という、きわめて厳しいものだった。

平蔵がもらった餞別は、むろん新鋳小判である。

百両は旧貨に換算すれば二百両ということになる。

旅先とはいえ、月に十両もあれば足りるだろう。

しばらくは箱根あたりでゆるりと湯治でもしたあと、東海道を旅して京や大坂にでもいってみるかと、平蔵は気楽な胸算用をしている。

三日前、笹倉新八と梶山勘六のふたりは、井関十郎太と牧村与平治の骨箱を胸に抱いて両家の菩提寺に納骨するため旅立っていった。

そろそろ五つ半（午前九時）になる。

「いつまでも別れを惜しんでいてもはじまらん。もう行くぞ」

平蔵は冷えた茶を飲みほし、別れを告げた。

「まだ、よかろうが……」

別離の酒に酔いがまわった伝八郎が未練たらしく盃を手にひきとめた。

「当分、きさまの顔を見られんとおもうと、なにやら寂しゅうてならん」

伝八郎がめずらしく、しんみりとこぼした。

「なんの。おれのほうはおまえのうるさい声を当分耳にしなくてすむと、内心ホッとしているところよ」

平蔵がからかった。

「強がりはよせ。三日もたてば竹馬《ちくば》の友の顔が見たくなるにきまっておる」

伝八郎が口を尖らせ、自信たっぷりに広言した。

「さて、それはどうかな」

平蔵はニヤリとした。

「まぁ、きさまの顔が見たくなるのは三年先ぐらい先だろうな」

「おい、神谷。それはなかろう、それは……」

笑い声がはじけ、街道を行く旅人がおどろいたようにふりむいた。

「さてと、きさまにつきあっていては日が暮れる」

肩に打飼《うちが》いをかけて、平蔵が腰をあげた。

今日の平蔵は文乃が支度しておいてくれた藍微塵《あいみじん》の筒袖の袷《あわせ》に膝下までの半袴をつけ、腰には恩師佐治一竿斎から拝領したソボロ助広の大刀と、亡父遺愛の肥《ひ》前忠吉《ぜんただよし》の脇差しを帯している。

愛刀の井上真改は三河島村の乱撃で血脂《ちあぶら》に汚れたため、懇意の研師にあずけてきたのだ。

「神谷さま……」

つと寄り添った、お甲の双眸《りょうめ》が早くもうるんでいる。

「よいな、お甲。……おまえも早く、いい婿《むこ》をもらって十内どのに孫の顔でも見せてやれ」

「ま、存じませぬ……」

お甲は唇をふるわせ、横をむいてしまった。

「神谷さま。道中、くれぐれもお気をつけられなされ」

茂庭十内がめずらしく真顔になってささやいた。

「駒井右京亮の身寄りの旗本や大名が、公儀の沙汰に不服をいだき、神谷さまを亡き者にしようと企んでいるという噂《うわさ》を耳にいたしました」

「…………」

平蔵はかすかにうなずいた。

「お気遣いはかたじけないが、これまで数えきれぬ恨みをしょっている身ゆえ、駒井一族のほかにも敵はいくらでもおりましょう。いつ、野辺に果てようとも覚悟のうえにござる」

「おい、神谷。助太刀がいるときは、いつでも知らせてくれ。かならず駆けつけるからの」

「ふふ、きさまが来るまで間にあえばよいがな」

平蔵、さらりと笑った。

そのとき、おなじ茶店にいた牢人が深編笠をかぶり、ゆるりと腰をあげた。

奇しくも、その牢人こそは、天満屋儀平の片腕といわれていた古賀宗九郎であった。

むろん、古賀宗九郎も、平蔵も、たがいに顔は知らない。

平蔵は見送りの伝八郎、十内、お甲たちに背をむけ、往来の人びとでにぎわう東海道に足を踏みだしていった。

そのころ、文乃は桑山佐十郎にともなわれ、磐根藩邸で藩主の左京大夫宗明に拝謁していた。

「よう、もどった。ひとつ屋根の下に暮らしていれば男とおなごのことじゃ。神谷平蔵に情がうつらぬともかぎらぬと案じていたぞ」

宗明のねぎらいに文乃はかすかに微笑をうかべた。

「これが、わたくしの務めでございますゆえ」

「うむ。ようもうした。そちにはむごい役目であったろうが、藩のためには神谷平蔵とのつながりを、なんとしても切ってはならぬゆえな」

「おそれいります」

「なれど、もはや、そちの役目はおわった。これより先、平蔵の剣を必要とすることがあれば国元には縫《ぬい》もいる。希和《きわ》もいるゆえ、平蔵との絆《きずな》は切れぬ」

宗明は労《いたわ》るような目を文乃にそそいだ。

「どうじゃ。そちが望むなら、余がしかるべき良縁の仲立ちをしてとらせるぞ」

「いえ。その儀ばかりは、何卒《なにとぞ》、ご無用になされていただきとうございます」

文乃は顔をあげ、ひたと宗明を見た。

「そうか……」

宗明はいささか不服そうだったが、

「よしよし、そちの気にすむようにいたすがよい。そちには化粧料として百石をとらせるゆえ、佐十郎と相談して身のふりかたをきめるがよかろう」

「かたじけのう存じます」

深ぶかと頭をさげた文乃の双眸が、心なしかうるんでいるように見えた。

その横顔を見やった桑山佐十郎の顔に苦渋の色が滲《にじ》んだ。

藩のためとはいえ、二人の心情を利して長年の友のもとに文乃を送りこんだことに対する自責の念と、いまだ藩内にくすぶる伊之介《いのすけ》ぎみの世子廃嫡《せいしはいちゃく》に動く一派があることへの憂慮が佐十郎の胸に重く澱《よど》んでいたのである。


（ぶらり平蔵　御定法破り　了）

## 参考文献


『江戸あきない図譜』 高橋幹夫著 青蛙房

『江戸厠百姿』 花咲一男著 三樹書房

『江戸生活事典』 三田村鳶魚著・稲垣史生編 青蛙房

『江戸っ子は何を食べていたか』 大久保洋子監修 青春出版社

『鍼灸の世界』 呉澤森著 集英社新書

『大江戸おもしろ役人役職読本』 新人物往来社・別冊歴史読本

『刀剣』 小笠原信夫著 保育社カラーブックス

『大江戸八百八町』 石川英輔監修 実業之日本社

『大江戸生活事情』 石川英輔著 講談社文庫

『江戸10万日 全記録』 明田鉄男編著 雄山閣

『御江戸絵図』 須原屋茂兵衛蔵板

コスミック・時代文庫

ぶらり平蔵《へいぞう》
決定版⑦御定法破り

2022年6月25日　初版発行

【著者】
吉岡道夫《よしおかみちお》

【発行者】
相澤　晃

【発行】
株式会社コスミック出版
〒154-0002 東京都世田谷区下馬6-15-4
代表　TEL.03(5432)7081
営業　TEL.03(5432)7084
FAX.03(5432)7088
編集　TEL.03(5432)7086
FAX.03(5432)7090

【ホームページ】
http://www.cosmicpub.com/

【振替口座】
00110-8-611382

【印刷／製本】
中央精版印刷株式会社


ISBN978-4-7747-6385-9 C0193